JN085860

# 大阪ＳＦアンソロジー
## OSAKA2045

正井 編

KAGUYA
Books

社会評論社

# 序

『大阪ＳＦアンソロジー：ＯＳＡＫＡ２０４５』は、二〇四五年の大阪を舞台にしたＳＦ小説と俳句を集めたアンソロジーです。「二〇四五」という数字を見てピンと来た方もいるでしょう。この年は、レイ・カーツワイルによってＡＩの知能が人間を超える「シンギュラリティ」の年であると予言されています。

この年にはもう一つ、いえ二つの意味があります。二〇二五年開催の大阪万博の二十年後であり、またアジア太平洋戦争の敗戦（第二次世界大戦の終結）から百年を経た年が、二〇四五年なのです。

二十年の間、あるいは百年の間、人類はどれほどの蓄積ができたでしょうか。コンピューターと比べれば、一人の人間が蓄積できる経験や知識はごくごく少量と言わざるを得ません。その上、人の営みとは儚いもので、死んでしまえばその経験や知識はなくなってしまいます。しかし一方で、人間は、記録を自らの言葉で伝えるという形でその蓄積を共有し、教育によって、「巨人の肩に乗る」ための梯子を整備することもできます。祝祭や建造物という形で、歴史的事件に意味づけを行うのも、そうした記録する行為の一つでしょう。

第一回の大阪万博が開催されたのは、一九七〇年のことでした。テーマは「人類の進歩と調和」、終戦の二十五周年記念事業の一環として行われたものでした。当時のパビリオンはほとんど解体されてしまいましたが、その跡地は万博公園となって住民の憩いの場として残され、その象徴たる岡本太郎「太陽の塔」も、今なおその地に立ち続けています。

この万博のコンセプトに示されるように、一九四五年、アジア太平洋戦争は終わりました。しかし、終わったということは、なくなったということを意味しません。大阪市立北野高校の校舎には、大阪大空襲時の弾痕が保存されています。戦時中の不発弾が発見されたというニュースは今でも耳にします。

都市の来歴は、その地形や地層に痕跡として残されています。もとは湿地帯で、埋立てによって土地を広げていった大阪では、特に中心地においては海抜が低く、坂が少ないこともその痕跡の一つでしょう。近世に張り巡らされた堀やそこにかかっていた橋は地形や地名に残り、道頓堀は今や観光地となっています。文楽、菊人形、落語、漫才、中之島近代建築群や大阪城、難波宮跡や古墳といった有形無形の文化財や遺跡が各地に保存されています。

さて、ここでもう一度尋ねましょう。二〇四五年までに、人類はどれほどの蓄積ができたでしょうか？　どのようなものを蓄積できたでしょうか？　その上に立って、どこまでを見はるかし、どれほどの地点まで到達できるのでしょうか？

想像してみましょう。

良きことも、悪いことも。

それもまた、何かの蓄積になるでしょう。

なるでしょうか？

正井

# 目次

# バンパクの思い出

北野勇作

## 「バンパクの思い出」北野勇作
## Kitano Yusaku

2025 年、大阪では 55 年ぶりの万博が開催されます。しかし、会場建設費と運営費の大幅な上振れに広告代理店や議員の不祥事など、様々な問題が噴出しています。その万博開催の 20 年後にあたる 2045 年、本作の語り手は“バンパクの思い出”を語り始めます。

北野勇作さんは 1962 年生まれ。1992 年に『昔、火星のあった場所』で第 4 回日本ファンタジーノベル大賞優秀賞を受賞して新潮社からデビュー。2001 年には『かめくん』（徳間デュアル文庫）で第 22 回日本 SF 大賞を受賞しました。2019 年には文芸のオープントーナメント〈ブンゲイファイトクラブ〉で初代王者に。近年は 100 文字程度の長さ（短さ）の小説＝マイクロノベルの伝道師としても知られており、2023 年にはネコノス文庫より〈シリーズ 百字劇場〉の刊行をスタートしています。落語作家としても活躍しており、本作「バンパクの思い出」では落語的な語りを楽しむことができます。

あれっ？　寝てた？　なんやえらい長いこと寝てたような気ぃするなあ。ああ、あんたが起こしてくれたんか。

ん？　ああ、バンパクなあ。わざわざそんなこと聞きに来たん？

いや、そら憶えてるよ。そらもうえらい騒ぎやったからなあ。

ええっと、ここらへんかな。うん、ここらへんに入っとったはず、うん、バンパクの思い出、な。いわば、メモリーズ・オブ・バンパク。そうそう、その針でちょっと突いてみ。大丈夫大丈夫、痛覚は無いさかい。

バンパクやて、ほんまかなあ。ほんまに来るんやろか。なんの疑うことあるかいな、市長と知事が言うてんねんから。そやで、今は苦しいけど、そんな問題はバンパクさえ来たらぜえんぶなくなるんや。ありがたいなあ。よかったなあ。ようやってくれてるなあ。ほんまやで、バンパクのためやったらよろこんで身ぃ切るで。えっ、身ぃ切るっちゅうのは、おれらの身ぃなん？　議員とかが切るんとちゃうの。アホか、今さら何を言うとるんや、そんな細かいことごちゃごちゃ言うとるからいつまでたってもお前はアカンねん。おもんないねん。そやで、せっかくバンパクで大阪が盛り上がってんのに水差すようなこと言うなや。それでも大阪人か。そんなんやさかい、いつまでたっても負け組なんや。そやで、これからカジノで大勝負しよおっちゅうときに、そないなゲンの悪いこと言うてくれなよ。おーい、そんなやつほっとけほっとけ、バンパクの敵や。バンパクの敵っちゅうことは大阪の敵やで。バンパクにも入れてもらわれへんで、そんなやつ。バンパクバンパクバンバンザイや。ははは、バンパクバンパクバンバンザイ。ところでバンパクってなんやねん。アホやな、そんなもん決まっとる、バンパクはバンパクや、知らんけど。知らんのかいっ。

出た？　なっ、ちょっと突いただけで、ずるずるずるずるずるずるなんぼでも出てきたやろ。さすがバンパクや。バンパクやなかったらそうはいかん。なにせ大阪中がひとつになって大人も子供も盛り上がってたからなあ。あの感じ、もう今ではわからんやろなあ。スターウォーズを初めて観たときどんだけびっくりしたか、なんぼ話してもわかってもらえんのとおんなじやな。いや、ちょっと違うか。いや、おんなじか。土曜日が半ドンでな、高校からの帰りに映画館に行ったなあ。たまげたで、ほんま。映画っちゅう感じやなかったなあ。あんなもんこれまで体験したことなかったからなあ。えっ、そんな話と違う？　ああすまんすまん、つい話が脱線してしもた。わかってるわかってる、バンパクな、うん、わかってます。そらまあとにかくすごかった。バンパクてなもんが来る、それも大阪に。子供にとってはもう夢みたいなもんや。うん、夢みたいやったなあ。バンパクバンパク言うてるけど、そのバンパクがどんなもんなんかわからへん、っちゅうところも含めてな。ほら、夢でそんなんあるやん。皆、その名前で呼んどるし、その夢の中ではわかってる。けど、目が覚めて思い出そうとしたら、もうわからへん。ほんで顔洗てるうちにそんなもん、ばらばらの粉々になって、いったいどんな形をしてたんかすらわからん、なにがわからんのかも、もうわからん、みたいな。そういうの、わかる？　わからんかなあ。まあとにかく、あのバンパクもそんな感じやった。いや、憶えてるで、ちゃんと。うん、憶えてる憶えてる、そら、あれは夢と違《ちご》おて現実やからな。大丈夫、大丈夫。そやなあ、まずいちばんに思い出すんは、やっぱりあれかなあ。うん、あれやで。わかるやろ。

そうそう、怪獣。そらそやろ、怪獣や。そやねん。そら、子供にとっては、それがいちばんやで。とくに大阪の子供にはな。ほら、なんちゅうても、怪獣は東京のもんやったやろ。そらわざわざ「東京」とか言うてないけど、なんちゅうても喋ってる言葉が東京弁やったしな。

いや、そら大阪にもまったく皆目、来おへんかった、てなことはないで。そやけど、それはなんかちょっとそういう趣向で、みたいな感じで、東京みたいに当たり前な顔して出てきたりはせんかった。くやしかったなあ。ところがその怪獣が来る、っちゅうやないか。そや、バンパクのために大阪に怪獣を運んできたんや。そらもう、あの頃の大阪の子供にしてみたら、聞いただけで、鼻血ブーの大興奮やったで。

しかも来るだけやあらへん。ちゃんと逃げ出して暴れて尻尾まで切ったんやから、これがほんまの出血大サービスや。その切れた尻尾がまた、尻尾だけでも大暴れやで。

ちょっと大阪にも寄ってみました、みたいなんとちゃうねん。ちゃんと大阪で暴れて大阪で倒された。あれは嬉しかったなあ。いや、おれだけやない、なんちゅうてもあれで大阪の名前が世界に轟いたんや。ほんまやで。

えっ、そんなことよりバンパクの話な。いや、わかってるがな。けど、あれやで、それも含めてバンパクやから。そらもう全部バンパクのおかげやからな。

　そやで。当時の大阪の人間にしたら、もう単なるイベントやない。もっと大きい、なんちゅうか、そやなあ、未来とか、人類とか、宇宙とか、な。そういうものやった気がするなあ、気のせいやなしに。

　そうそう、宇宙っちゅうたらあの頃は――。はいはい、わかってます、そんなことよりバンパクの思い出な、うん、わかってんねんけど、つい話が横道にな。年寄りは話が回りくどなってアカンなあ、とか言おと思たけど、よお考えたら昔からそうやったわ。目的地に行く途中ですぐに変な道に入り込んでしもて、気がついたらわけのわからんところにおるんや。ほんで迷子になる。

　けど、これは脇道やないねん。正味、バンパクの話でもあるねん。迷子っちゅうか、そもそも会場に行くのがなかなか大変やった。あそこ、埋立地やろ。いろんなもんが埋まってるからうかつに掘ったら何が出てくるやわからへん。こっそり廃棄した書類とか出てきたら大変や。ほんで、地下鉄を通すこともできんまま本番になってしもたから、会場へのアクセスが大変やった。海の向うに見えてんねけど、なかなかそこへ行かれへん。

　まあ夢みたい、っちゅうか、蜃気楼みたい、っちゅうか。そうそう、熱出したときに見る夢みたいな。ほら、あるやろがな、風邪ひいたときとかに見るけったいな夢。あんな感じでそれらしい、とも言えるけどな。いや、言わへん言わへん、誰も言わへん。

まあとにかくメトロやな。メトロで港の方に行って、それからニュートラムに乗り換える。もちろん無人運転やで。もう未来っぽいがな。そんで、どこの駅やったかな、なんかそれらしい名前の駅でおりるんや。そこからは、ほら、あの頃よお言うてたやろ、いわゆるひとつの空飛ぶ車っちゅうやつ。まあそういう未来的な交通がバンパクの売りのひとつで、もちろんそれも無人運転や。少々無茶でもやったれやったれ、大阪の力の見せどころやで。とまあ、そない言うててんけどな。さすがにあれはアカンかったなあ。

そらな、飛ばすだけやったらできるで。ドローンかて飛んでるんやからあれを大きいにしたらええだけの話や。けど、実際に人間乗せて飛ぶとなるとなあ。人間って死ぬからなあ。乗ってるもんだけやあらへん。あんなもんが家の上にでも落ちてきたらえらいこっちゃで。いろいろうるさいこと言う奴おるやろ。そやから結局、ほんまに飛ばすのはやめて、いずれはこんなふうになります、っちゅうことにして、うん、そうそう、ＶＲやな。車の窓に景色を映してな、車をちょっと揺すって、そんで会場まで行く、っちゅうことにした。ああ、まあそうかな。たしかに、ＶＲというより、あのお金入れたら動くやつやな、昔からよおあった。遊園地まで行かんでも、商店街の道端とかにもあった。まああれといっしょやけど、ＶＲゴーグルつけてるしな。まあとにかくそれで揺られてる間は飛んでる、っちゅうことにして、ほんで、会場に着いたことにする。

えっ、うん、そらほんまには着けへんで。着くわけないがな。ＶＲやねんから。けど、そんでええねん。このゴーグルはつけっぱなしやから、自分が会場におる映像がちゃんと見えてるんや。ほんで、勝手に取ったりせえへんように、ネジで止めてたからな。あれは痛かったなあ。使いまわしやからサイズとかも選ばれへんし。それを無理やりネジ止めするから痛いねん。頭蓋骨に直やからな。けど、なんぼ痛《いと》おても絶対に取るな、って言われるねん。テロ防止やて。会場へのほんまのルートを知られたらバンパク反対派が妨害工作を仕掛けてくる、っちゅうねん。そらもう自分がそれやということを本人も気づいてないスリーパーセルもおるからな。テレビで国際政治学者も言うてたわ。そやから会場へのほんまのルートを知られたらアカンねん。そのためにこうやって、ほんまはどこでやってるのかわからん状態にして会場へ運ぶんや。

いやいや、ちゃんとした交通が用意できんかったからそうしたんやないで。そんなこと言う奴もおったけど。それは違う。セキュリティ上これがいちばんええやり方やから、そうしてたんや。ここ、大事なとこな。あんたら、文句ばっかりつけてんと、そういうとこもちゃんと報道してくれんとな。市長も言うてたやろ。もしテロがあったら、あんたら責任とれるんか、て。

まあそういうことで絶対に外したらあかんゴーグルをつけたら、さっきも言うたけど、めっちゃ痛い。さすがにもう我慢できん。こんなんテロのほうがましや、とか思て、外そうとしたんや。ところがやな、加減を知らん係員がもうがっちがちにネジ止めしてるさかい、外れへんねん。外したらあかんも何も、こんなもん、外しとおても外されへんわ。あいたたたたたたた、っちゅうて、ごとごと揺られて、いちおうメガネの中では空飛んで、そんで会場についたんや。

そらものごっつかったで。めっちゃでかいパビリオンがばんばん建ってる。うわあ、すごいなあ、まるでCGみたいやなあ。もう痛さも忘れるくらいや。やったあバンパクやバンパクや、ちゅうてその場で飛び跳ねた。

そんなふうに実際に見るのは初めてやけど、けどもうぜんぶ知ってたで。どんなパビリオンがあるんか、とか、そこに何が展示してあるんか、とかな。そらもう雑誌の特集とか、バンパクが来るのを待ってる間にずっと予習してたさかいな。そのくらい盛り上がってたわけや。そやなあ、なんちゅうてもアメリカ館か、それにソ連館、ほんで太陽の塔、な。

えっ、それはちがう？　何が違うんや。

いやいやいや、アホなこと言うたらあかん。ないわけがないがな。アメリカ館もソ連館も太陽の塔もないバンパク、てなもんがどこの世界にあるんや。

えっ、それは前のバンパク？　何をわけわからんこと言うてんねん。バンパクに前も後ろも裏も表もあるかいな。何をおかしなこと言うてるんや。大丈夫か、君。

いやあ、昨日のことみたいに思い出すなあ。太陽の塔がどーんと見えてな。そうそう、大阪モデルで真っ赤になってるのがまたかっこよかったんや。そやねん、ウイルスと戦うために真っ赤になってたんやで。そらもう命輝くバンパクやからな。

ただ残念やけど、アメリカ館にもソ連館にも入れんかった。月の石、見たかったなあ。けど、あの行列を見たら、こら無理や、て子供でもわかったわ。

えっ、なに？　子供やない？　いやいや、何を言うてんねん。そらもう子供やないよ。おれが子供やった頃のバンパクの話をしてるんやないか。

えっ、二十年前やから、もう六十歳は過ぎてたはず？

ああ、そうか。あんた、そのへんの記憶がちょっと混乱してるんとちゃうか。まあいろいろあって、記録もごちゃごちゃになってるからな、歴史戦、っちゅうの？　ちゃんと直さなあかんわな。それに、おれが還暦くらいの頃にゴジラとかウルトラマンとか仮面ライダーとか、そういう特撮もんが次々に大ヒットしたから、そのへんも混乱の元やねん。

言うとくけど、還暦の頃のあれは、リメイクやで。いわゆる、「シン」のほう。そのへんで年代を勘違いしてるんちゃうか。シン幹線とかな。シン大阪とかシン世界とか、そらもう「シン」が流行ってたからな。あのな、バンパクがあったんは、おれがまだちっちゃい子供の頃で、ウルトラマンが「シン」やなかった頃やで。

あっ、そうそう、ウルトラマンっちゅうか怪獣や、怪獣。バンパクで何が楽しみ、っちゅうて、この怪獣や。連れて来るんや、バンパクのためにな。来る、きっと来る、とか歌もあったわ。テレビで見て、そらもうわくわくしたなあ。ゴモラザウルスや。うん、それをバンパクの会場に連れて来るっちゅうねん。いや、そらアポロの月の石もすごいけど、言うても石やからな。月がついてるからありがたいけど、ただ見る分には、ただの石や。どうせ月から持って帰ってくるんやったら、石なんかより宇宙怪獣くらい持って帰ってきたらええのになあ、て子供心に思てたわ。

その点、ゴモラは違う。なんちゅうても、ちゃんと怪獣や。でかいし強いしかっこええ。

暴れ出すのもお約束や。いや、ヤラセとかそんなんと違う。お約束。約束は守るほうが正しいんや。

実際、あの暴れっぷりはよかったなあ。途中で尻尾が切れてな、その尻尾だけでも大暴れや。切れた尻尾だけでも強いってどういうことやねんっ。ニュース見ながらつっこんだもんや。

そのぶん、このゴモラを倒したときは、そらもう大騒ぎや。みんな大喜びの大興奮でなあ、盆と正月と阪神の優勝がいっぺんに来たみたいな騒ぎやった。感極まった老若男女がひっかけ橋の上から道頓堀に飛び込んだりな。で、そのおかげで、ゴモラを倒した町、として大阪の名前は世界に轟いたんや。

ん？　なんやねん、その顔は。嘘やと思たら、スピルバーグに聞いてみいっ。そらもう喜んで話してくれるわ、今のおれみたいに。大阪に来たときにインタビューでも言うてたで。えぇっと、スピルバーグってまだ生きてるよな、今のおれみたいに。まあどっちでもええけど。

とにかく見事に大阪が倒した。倒したっちゅうか、沈めたんやな。そらもう、ずぶずぶずぶずぶ、沈んでいったで。なにせ埋立地の軟弱地盤で、いろんなもんがずぶずぶやさかいな。あんな重たい怪獣は、ひとたまりもないわ。一歩踏み出す度に、ずぶっ、ずぶっ、となな。沈み込んで、派手に倒れたらもう起きられへん。

それはええけど、こんなもんどうやって殺すんや、って思てたら、勝手に死んだ。あっけないもんや。どうやらいろんな身体に悪いもんが埋まってたらしいわ。バンパクとカジノでもう掘り返されることないやろ、っちゅうことでいろいろ都合の悪いもんを埋めてたんやろな。やっぱり人体に有害なもんは怪獣にも有害らしいわ。はは、もっと清濁併せ呑めんと、この大阪には勝てんで。怪獣てなもん、威勢はええけど脆いもんや。この世に普通にあるような毒には、人間のほうがずっと強いかもな。うん、こういうことも見越したうえで、いろんな有害なもんを埋めてたんですわ、くらいのことを胸張って言えるくらいの図太さが必要や。

まあとにかく、あっさり死んでくれたんはよかった。なんぼ「命輝く」っちゅうたかて、人間の敵になるようなあんな怪獣の命まで輝かしてやることないからな。

そやで、なんやかんや文句つけて反対してた連中がおったけど、こういう軟弱地盤やなかったら、今でもあの怪獣、暴れてるわ。そないなったらおまえらに責任取れるんかっ。あれもこれもそれもどれも、おまえらが文句つけてたもん、ぜんぶ必要なもんやったやないか。このバンパクがなかったら今頃、大阪なくなってるわ。ほんま。前から言うてたやろ。命輝くためには必要やねん。バンパクもカジノもなんもかも。反対してた連中なんか、どやしつけたったらええねん。

もっと御堂筋のイルミネーションみたいにびかびかのぎんぎんに命輝かさなあかん。それがバンパクや。あの太陽の塔みたいに真っ赤に燃え上がるんや。そのために市民がひとつになる。いわばシン大阪都構想や。

そうなったらバンパクの会場は、その聖地やろ。そしたら、カジノに行くのも聖地巡礼になるわ。ヨメハンに、カジノに行ってくるわ、ちゅうたら文句のひとつも言われるやろけど、聖地巡礼してくるわ、っちゅうたら、これはもう文句付けようがない。それに文句言うような奴は大阪人やない。なっ、これ、なかなかええやろ。そういう未来を呼び寄せるための儀式でもあったんや、あのバンパクっちゅうのは。

ん？　なんやねん。納得がいってないみたいな顔して。えっ、いやいやいや、そんなこと言うやつはおらんかった。それは空気の読めんやつや。考えてみ、大阪のためになる、っちゅうことは、つまりお国のためになる、っちゅうことやで。楽しいに盛り上がることがそのまんまお国のためになるんや。そんなけっこうなもんに反対するのがおかしい。どこのどいつやっ。責任者出てこいっ。

おっと、あかんあかん、興奮してしもた。血圧上がるわ。もう自分だけの血圧やないからな。気ぃつけなあかん。

えっ、パビリオンかいな。うん、もっと建つはずやったし、もっと豪華になるはずやったのになあ。まあそれかてやっぱり、なんにでも反対する連中のせいやで。あいつら、予算がー、予算がー、っちゅうて、うるさいねん。そんなもん、貧相なもんを作るほうが結局は損になるのに、そこがわかってへん、っちゅうか、ほんま、なんにでも反対したらえぇと思てんねんな、あいつら。

そら最初に言うてたのよりだいぶ予算もかかったけども、そら、なんでもタダやないねんで。そやのにいろいろ文句つけられて、あれもこれもできんようになってしもて、けど、なんにもなし、っちゅうわけにいかんがな。そこであれや。そや、ゾンビやがな。低予算でなんとかする、っちゅうたらもうゾンビや。ほんで、金が足りん分は、ぜんぶゾンビで乗り切ることになったらしいわ。足りひんときのゾンビ頼みや。皆、ゾンビが好きや、っちゅうのもあるけど、ほんまにぶっちゃけてしまうとそういうことらしいわ。そうそう、安あがりやから。

えっ、そら安いよ。怪獣とかと比べたらよおわかるやろ。しょぼいやつでも、怪獣、いうだけでだいぶかかるで。着ぐるみもミニチュアもCGも、ほかにも色々。けどその点、ゾンビやったら、そのまんまでええやろ。メイクくらいはせなあかんにしても、そのくらいや。基本はエキストラでええがな。ボランティアでいける。つまり、タダや。衣装もそのまんまでええ。そのほうがリアル、てなもんやろ。ボランティアどころか、うまいこと言うて金出さしてもええくらいや。バンパクの思い出作りに、とかなんとか言うてな。それに、自分が出てたら少々出来が悪うても誉めよるしな。つまりバンパクの評判もよおなって一石二鳥や。

まあ今から考えたらそこに、その先の大阪モデルのヒントがあったんやな。そう思うわ。そういう意味でもあのバンパクはものごっついバンパクやった。

ほんま、東京やったらあんなうまいことといってないと思うで。もう決まってた都市博をヘタレの知事がいきなり中止にした、みたいな、あないなブサイクなことになってても おかしない。談合やら裏取引やらなんやかんや、表に出たらあかんもんがいろいろ出てきたりしてな。そうそう、話題がなくなるとすぐにそういう過去の話をほじくり始めるねん、ワイドショーやら週刊誌は。きれいごとばっかり言うてるけど、お前らそんなきれいなもんなんかい、っちゅうねん。それでも強行できたんは、市長と知事のおかげやろな。そんなもん、びくともせえへん。ばんばん訴訟を起こして、攻撃してくるやつは一般人やろが何やろが、容赦なしに反撃するで、っちゅう態度を見せたった。こっちは黙って殴られてるようなお上品な相手やないで、反撃能力はあるし、あるもんは遠慮なしに使うんじゃ、っちゅうことをはっきりわからした。そしたら静かになったわ。ヘタレばっかりや。時間決めてその間だけ座り込みしとるようなぬるい連中やで。その点こっちは――、ああ、あかんあかん、何をいらんこと言わすねん。今のとこはカットしといてや、な、こう、ちょきちょきっ、と。

えっ、そら沈むがな、沈む沈む、埋立地やねんから。それはさっきも言うたやろ、しつこいなあ。沈むけど、そのおかげで怪獣を倒せたがな。そのためにわざとそうしてたんや、っちゅうてんねん。話聞いてないんか。あのな、そんなこまかいことごちゃごちゃいつまでも言うてるからあかんねん。だいたいなんで沈んだらあかんねん。沈むんやったら、地下でやったらええやないか。メトロで来ても地上に出る手間がはぶけるがな。そやろが。地下はええぞ。地下アイドルとかな。地下バンパクがあって何が悪いねん。文句ばっかり言うやつは反大阪、反阪《はんさか》やで。お前、もしかして反阪か。オリンピックといっしょで、やったらどうせ感動するんや。反対してたやつらも、どうせ乗っかってくるんや。あいつら、金のために反対してるだけや。カジノかてそうやで。反対反対言うてる奴らはみんなそうや、知らんけど。そんな連中は、入れてやらんかったらええねん。反対してたんやからな。まあ実際、締め出したった。おおかた死んだんとちゃうか、大阪市といっしょに。

えっ、そら本望やろ。あいつら大阪市がなくなるのに反対してたんやから、大阪市といっしょに死ぬのがスジっちゅうもんやないか。

無駄や無駄や、言うてたけど、あんなことがあって焼け野原になってしもた大阪をなんとかしたんやないか。ちょっとくらいのことをごちゃごちゃ言うなよ。そら、中には悪いことするやつもおったよ、実際。けどそんなもん、過去やないか。市長も知事も言うてたやろ、中には悪いことをする者もいますけど、でもぼくらは大阪のためにがんばってますよ、っちゅうて。そらそやで、こんだけ人がおったら、悪いことするやつもおるよ。当たり前や。それはそれとして、大阪のためにがんばってくれてる人を応援したらええやないか。よおやってくれてはるがな。うん、おれはそう思うな。そやから喜んで差し出したよ。それが大阪のため、つまりお国のためやないか。そのために身を切るのは当たり前や。あの人らが率先して身を切ってくれてるんや。そこに住んでる人間が我が身を差し出さなどないすんねん。

な、そやろ。そやから、こうしてバンパクになれたんや。子供の頃に作文に書いた夢が、こうしてほんまに叶《かの》おたわけや。

えっ、わからん？　なんでわからんかなあ。あのな、いっぺんは死んでしもた大阪やで。その死体を繋ぎ合わせて、ぎくしゃくながらもこうやって歩くようにできたんやないか。市長も知事も、よおやってくれてるで。

まあ今から思たら、そのための儀式やったんやな、バンパクは。みんなでひとつになって、大阪がまた立ち上がるためのな。あのときはわからんかったけど、あの人らに任してよかった。なあ、もう怖いもんなしや。そらそや。死んでも大丈夫や、っちゅうことがわかったんやからな。死んでバンパクで会おう、があのころの合言葉やったなあ。

ほんま、昨日のことみたいや。昨日今日のことはすぐに忘れてしまうのに、昔のことが昨日のことみたい、って不思議やなあ。ほんま、昨日どころか、今もあそこにおるみたいや。あ、おるんか。そやな。そやったそやった。つい忘れてしまうねん。

そうやった。カジノや。カジノでぜんぶ賭けて大勝負したんや。勝ったらぜんぶチャラ、そのかわり負けたら己の身を切るんや。それはしゃあない。出せるもんなんか、この身ぃひとつやさかいな。文句ないで。そんなことに文句言うたりせえへん。そうや、自己責任や。ぜんぶ自己責任でやったことや。

しかしまあ、ついてないときはあかんな。とことんついてないし、とことんあかん。

あっちゅうまにすっからかんや。身包み剥がれて、結局こうなった。

えっ、どうなったかわからん？

見たらわかるやろがな。

このとおり、バンパクになったんや。

まあ正確にはバンパクの一部。いや、全部か。一部が全部で全部が一部や。身包み剥がれた連中が身ぃ切ってひとつになって、そうやってバンパクの一部になって、バンパク全部を支える、つまり大阪を支えとるわけや。そらしんどいし、苦しいよ。けど、やりがいのある仕事やないか。

たしかに負けたけど、負けたおかげで子供の頃の夢が叶《かの》おた、っちゅうわけや。そやろ、バンパクになれたんやから。

えっ、バンパクのときには、まだカジノはなかった？　アホやな。そんなもん表向きのことや。地下にはあったんや。バンパクの地下にカジノがあった。ちゅうか、バンパクもカジノもいっしょや。そういうことや。そら、地下にはいろんなもんが埋まってるわ。昔からいろんなもんを埋めてきた土地や。それをなかったことにするためにやった。そういう儀式やないか、バンパクは。いろんなもんをチャラにできる。いや、それだけやないで、そこから踏み出せるんや。そや、新しい一歩やで。そやろが。違うとは言わせへんで。現に、見たんやから。

思い出すなあ、あのバンパク。

夢見てるみたいやった。

あの日、夢洲であれが立ち上がったんや。

あれやがな、あれ。

そうそう、バンパク怪獣や。えっ、いや、そっちと違うがな。あれはバンパクのためによそから連れてきた怪獣やろ。あっちと違《ちご》て、バンパクが作った怪獣、いや、バンパクそのものや。

いやあ、わくわくしたなあ。そら、そうや。怪獣やで。もちろん名前はもう知ってた。

当たり前や、みんなで決めた名前やからな。怪獣の名前は一般公募、っちゅうのは、怪獣あるあるやろ。

どおんっ、となんかが吹き飛んだ。それはよお憶えてる。

目の前が真っ赤や。

みんなの身を切った血と肉や。

みんなの血と肉で作った怪獣が――。

バンパクが――。

大阪が――。

立ち上がったんや。

大阪都構想てなもんやないで。日本中が、いや、世界中が大阪になるんやからな。ごじゃごじゃ文句言うやつは踏み潰したる。

なんちゅうても、怪獣を倒せるのは大阪だけや。つまり、怪獣になった今の大阪を倒せるやつなんかおらへんのや。

ああ、思い出すなあ。今起きてることみたいや。いや、そうか、これは思い出やない。今まさに起きてることなんや。

そやで、今からや。ちょっと寝てただけや。そうそう、今からがほんまのバンパクやで。

その証拠に、ほら、聞こえるやろ。

生きてるぞーっ。

市長と知事が声を揃えて叫んでるで。

あの日といっしょや。

さあ、そんなとこで見てんと、あんたらも身を切って、大阪に忠誠を誓おやないか。なにが調査じゃ。敵か味方か、どっちやねん。

ほら、つかんだ。もう逃がさへん。あんたも大阪、あんたもバンパクや。いっしょに命輝こやないか。

そや、まだバンパクは生きてるで。大阪もまだ生きてるで。死んでも生きてる。ゾンビとして生きてる。このバンパクの中でみんな命輝いて――。

大阪は生きてるぞーっ。

なっ、聞こえるやろ。ほな、いっしょに叫ぶんや、あのお名前を――。

さあ、みなさんもごいっしょに。

せえええのっ。

ミャクミャクさまああああああああっ。

# みをつくしの人形遣いたち

玖馬巌

### 「みをつくしの人形遣いたち」玖馬巌

### Kuma Iwao

2045年には、AIが人類の知能を超える“シンギュラリティ”が起きると言われてきました。今から20年あまりが経過した後、AIと人間の付き合い方はどのように変化しているでしょうか。「みをつくしの人形遣いたち」は、万博跡地の夢洲《ゆめしま》にできた科学館で働くサイエンスコミュニケーターの物語です。

玖馬巌さんは大阪市在住で、本作の主人公と同じくサイエンスコミュニケーションを専門としています。作家としては2021年に「月と蛍、静夜の思い」が第二回かぐやSFコンテスト選外佳作に、「HOUYOU」が第9回日経「星新一賞」の一般部門最終審査に進出しました。大阪市内の企業でDXやデータ分析に携わる傍ら、「物語を利用したサイエンスコミュニケーション」に取り組んでいます。

# 1

「――はい、それでは本日のロボアイ館科学教室『AIを使ってオリジナルアニメを作ろう』はこれにて終了です！　担当はコミュニケーターであるわたし、村主《すぐり》愛と――」
《澪標《みおつくし》ミオでした。みんなありがとう、また来てね！》

締めのフレーズを述べ、わたしは教室の前のステージの上で一礼したのち、子供たちに大きく手を振る。大きめの白衣の下に隠した片手デバイスでこっそりと送った合図を受け、相棒のミオちゃんがわたしの言葉を引き取ってお別れの挨拶をする。スクリーンの中で子供たちに笑顔で手を振る彼女の外見は、実写ではなくアニメーション風の3Dモデルの姿だ。

ここは大阪市此花区、夢洲《ゆめしま》にある科学館、【ゆめしまロボット・AI科学博物館】。通称ロボアイ館だ。わたしは科学館で働き始めて四年目になる科学技術コミュニケーターであり、今日の科学教室は同僚であるミオちゃんとの初めての合同企画・運営イベントとなる。

小学生の子供と親御さんを対象とした比較的小規模な講座だが、なんとか大きなトラブルもなく終わってくれた。わー！　またなー！　という思い思いの無邪気な返答を返す子供たちに笑顔で手を振りつつ、わたしは内心、ほっと一息つく。理工系離れが叫ばれて久しいが、この中で一人でも科学に興味を持ってくれる子が出てくれればいい。子供たちが親御さんたちと一緒に教室の出口へと向かっていくのを、わたしはしみじみと見送った。

2

「お疲れさまでした、村主さん。今日のイベント、無事終わって良かったですね」

教室で端末の後片付けをしていたわたしに、入り口から入ってきた人物が声をかけた。

「館長！　お疲れ様です」

顔を上げ思わず背筋を伸ばすわたしに、シュッとした服装の初老の男性――ロボアイ館の館長である足立さんは、両手をひらひらと振ってそのままで大丈夫ですと促す。

「今日は梅田で企業向けの講義ではなかったんですか？」

「ええ、その予定です。時間が取れたので少しだけ。これからすぐ向かいます」

足立さんはいつものように飾らない様子で、物腰柔らかに話す。大学の特任教授や大阪市の科学相談役などの様々な役割を兼任する足立さんは、まさしく目の回るような忙しさだ。多忙な中わざわざ時間を作って、今日のわたしたちのイベントを見に来てくれたのだろう。

「澪標くんもそこにいますか？　お疲れさまでした」

《――はい、ありがとうございます、足立館長》

スリープ状態のＰＣが自動で立ち上がり、ミオちゃんがモニタに姿を現して一礼する。

《村主さんとのレビューはこれからなのですが、イベント参加者の生徒さんの映像や音声データをもとにした感情分析の結果では、過去のイベント同様かそれ以上の数値が出ていますね》

「大変結構。いつもながら仕事が早いですね。素晴らしいです」

足立さんは満足そうに頷いて、わたしを見る。

「左《ひだり》さんがいない中、村主さんには業務上かなり負担をかけてしまっていると思います。何でも力になりますので、少しでも懸念事項などがあればすぐに相談してくださいね」

「はい、任せてください！」

わたしは力こぶをつくるポーズをして勢いよく返答する。

《――館長、私もいますよ。お任せください》

ミオちゃんも同じく、画面の中でわたしと同じように任せろ！　といったポーズをとる。その様子に足立さんは、娘を見るかのような優しい表情で微笑んだ。

事実、ミオちゃんは足立さんの娘のようなものだ。なぜなら、彼女の基盤となっている大規模言語モデルを、主要メンバーの一人として約二〇年前に作りあげたのは彼自身なのだから。

「ええ、そうでしたね。澪標くん。村主さんとの初イベントお見事でした。これからもよろしくお願いします」

足立さんはそう言ってミオちゃん――この四月からわたしと一緒にコミュニケーターとして働き始めることになった、わがロボアイ館の研究支援ＡＩ【みをつくし】に優しく微笑んだ。

# 3

ロボアイ館は、二〇二五年の大阪万博のパビリオン跡地を再利用してここ夢洲に作られた、比較的新しい科学館だ。小学校二年生の頃、わたしは社会見学で万博を訪れ、そして科学の面白さに魅了された。そうした意味では、このロボアイ館はまさにわたしの夢の職場と言え、就職が決まった際には小躍りして喜んだものだが――働き始めて約三年が経つ今、現実は必ずしも甘いものではないと感じることが多い。

目下の一番の問題はお金だ。財政難に苦しむ府や市からの援助は減る一方で、在阪企業がスポンサーとなって資金援助をする形でロボアイ館は運営されている。正規職員は館長の足立さんに加え、わたしより五歳ほど年上の係長である左さんと、わたし村主の三人だけ。あとは嘱託や業務委託の方々、市やスポンサー企業からの出向者、そして忘れてはいけない研究支援ＡＩである【みをつくし】、通称ミオちゃんのおかげで、このロボアイ館は停止寸前の地球ゴマのようになんとか倒れずに運営されている状態だ。

「さ、じゃあ分析始めようか、ミオちゃん」
《――はい、村主さん。まずは画像・音声データの解析結果から表示します》
イベントの後片付けがひと段落して科学館も閉館したのち、わたしは手狭なオフィスでミオちゃんと今日のイベントの分析を始める。

本来、科学計算などの研究支援用途のＡＩであるミオちゃんを再学習のうえコミュニケーターとして勤務させるという案は、彼女を知るわたしたち職員の間では比較的すんなりと受け入れられた。だが館長の足立さんいわく、どうやら関係筋からはかなり反対されたらしい。

当然だが、ミオちゃんがＡＩであること自体が問題視されたわけではない。二〇年前ならともかく、今はＡＩやロボットが接客のサービスを行うのはごく普通のことだ。ただ、米国や中国の巨大テック企業や研究所が開発した専用の最新モデルを利用したそれらと異なり、汎用型とはいえ、過去に巨額予算を投入して作られた国産モデルをベースとするミオちゃんがもし「期待通り」のパフォーマンスが出せない場合、わが国のＣＳ研究のイメージダウンにつながるというのが、偉い人の理屈らしい。

そのような込み入った経緯もあり、本来は専門家が行うべき仕事であるミオちゃんのモデルのメンテナンスやチューニングは、予算がつかずわたしたち館員による手弁当だ。もともとは左さんが担当していた業務だが、今年からはわたしが担当している。


「わ、もうこんな時間。これは今夜は泊まりかなー……」

ミオちゃんと議論しながら振り返りを終えたわたしは、壁の時計を見て既に終電の時間を過ぎてしまっていることに気が付く。苦笑いするわたしに、ミオちゃんが声をかける。

《あまり無理せず。少し休憩を取っては？》

「ありがと。飲み物でも買ってくるね。さっき話した追加分析をやっといて貰える？」

《はい、ごゆっくり》

ミオちゃんに一声かけて離席したわたしは、休憩スペースにある自販機でコーヒーを買い、窓から外を眺める。窓からは夜の大阪湾が見えた。カジノやエンタメ施設で不夜城のように賑わう北側と比較すると、真っ暗でなんとも地味だが、わたしはこの静かな眺めが好きだった。

【みをつくし】の本体は、大阪湾の海中に設置されたコンテナ型データセンターにある。直線距離でおよそ一〇キロ先にある対岸の神戸のポートアイランドまで海底ケーブルが走っており、そこにある最新世代スパコンも計算資源として利用可能だ。

ロボアイ館のシンボルマークにも入っている、逆三角形と上矢印を組み合わせたような独特な形をした標識――澪標。浅瀬との境界を人々に示すため、かつてこの大阪湾の至る所に設置されていたらしい。その名を冠した計算機たちが、人知れず大阪湾に沈んで人々の暮らしを支えているというのは、個人的にはとてもロマンのある話だと思う。

「――難波江の、芦のかりねの一夜ゆえ――あれ、なんだっけ?」

わたしはふと、夜の大阪湾にちなんだ百人一首の歌を口ずさもうとするが、ど忘れしてしまい途中で言い淀む。ミオちゃんの言う通り、少し根を詰めすぎかもしれない。自席に戻ったわたしはあくびをかみ殺し、小さく伸びをしてから分析結果の確認を始めた。

# 4

《――なるほど、ミオちゃんやけど、相変わらず課題はいくつかあるみたいやね》
「はい。一つ一つはそこまで重大ではないのですが。一応全て再学習済みです」
弁天町にあるワンルームの自宅マンション。そこでわたしは、ワシントンDCの博物館で在外研究中の先輩である、左さんとオンライン会議をしていた。
ミオちゃんがコミュニケーターとして勤務を開始して、三か月が経っていた。トラブルは幾つか発生しているが、幸い来館者からのハードなクレームや大問題になったものはない。
《インシデント#078：館内図データがアップデートされておらず来館者案内で不備。#079：親子連れの来館者に対し、親も子も子供向け口調で応対してしまう。#080：来館者が『懐徳堂』という言葉を思い出せずあやふやに聞いた結果、『腹話術によるエンターテイメント集団』と回答。……最後は嘘やん。村主ちゃんこれ、盛ってるやろ》
「盛ってません。インシデント報告でウソついてどうするんですか」
《ホンマに……？　ちなみにハルシネーションや不適切応答の事案はなかったん？》
「あ、はい、一応ログチェックしてますけど、そのあたりは全く」

ミオちゃんの基盤になっている大規模言語モデルは仕組み上、どうしても未知の内容に対しては事実と異なる応答が混じってしまう可能性を排除できない。そのため、回答の信頼度が閾値を下回ったときには、自動でわたしのインカムに呼び出しが入る仕組みになっている。

《へぇ、良い傾向やん！》

「はい。……正直、このままだとわたしの仕事がなくなってしまいそうな勢いです。最近はミオちゃんに会いに来たという来館者の方も多いんですよ」

《はー、なるほどね、現場にいる村主ちゃんから見てもそういう評価ということか》

わたしは無言で頷いたのち、やや迷いながら言葉を口にする。

「……左さん、わたし、ミオちゃんのオペレータ兼『教育担当』という立場ではありますけど……そもそもわたしが彼女に教えられることなんて、あるんでしょうか」

ミオちゃんは研究支援用ＡＩであり、科学的知識の正確性と網羅性では、もとよりわたしの及ぶところではない。一応わたしも研究者のはしくれとして、arXiv に日夜アップされる論文を読み、最新の技術動向を追っているが、それはミオちゃんが見繕ってくれたものだ。更に言えば、そうした論文の大多数は、そもそも研究支援ＡＩの力を借りて書かれている。

ＡＩによる研究の自動化はこの二〇年で大きく発展し、今や科学論文の八割がＡＩによって書かれたものと言われている。科学論の研究者の中には、もはや科学的知識というミームの〝乗り物〟は人間からＡＩに変わった、と主張する人すらいるほどだ。

《――なーにをアホなこと言うてんの、村主ちゃん。あるよ、たくさんある》

左さんの回答は、思わず早かった。もしかしたら、ミオちゃんの前担当であった彼女は、既に同じ悩みを持ったことがあるのかもしれない。わたしは少し期待しつつ、彼女に尋ねる。

「例えば、なんでしょうか」

《そら、落とされへん科研費書類の書き方とか、確定申告の方法とか》

「もういいです。左さんに聞いたわたしがバカでした」

《うそうそ！　……まあ、まじめな話をするとな、確かにＡＩはわたしら人間より遥かにかしこい。でも相手がどんなにかしこくても、伝えられることはある。それは愛や》

「……愛？」

図書館情報学を専門とする左さんは、文学部の出身だ。芸術や哲学にも造詣の深い彼女は、ときどきガチガチの理系であるわたしにはよくわからない話をする。

《そう、愛。サイエンスに対する愛。あとは――この大阪という、けったいな街に対する愛。それは、村主ちゃんにしか伝えられへんことやと思うよ》

先ほどまでの冗談交じりの会話の時とは異なり、左さんは真剣な表情でわたしに語った。

5

その〝事件〟が起きたのは、十二月上旬の寒い日のことだった。

半年以上の運用と継続的なモデルのチューニングを経て、ミオちゃんの対話レベルはかなりの域に達していた。過去の会話ログなどを参考に、ひとりひとりにカスタマイズした回答を行うことも出来ており、それはまさにわたしがロボアイ館で働き始めた時に目指していた、理想のコミュニケーターの姿とも言えた。最近はわたしが直接来館者の対応をすることは稀で、裏方での仕事に専念することが多かった。

その日もいつものようにミオちゃんに来館者の対応を任せ、イベントの準備などで館内を飛び回っていたわたしだったが、スタッフ用の出口から館内に出た瞬間に呼び止められた。

「あの、おねえさん！」

そこにいたのは小学校低学年の女の子で、どうやら扉の前でわたしを待っていたようだ。

「はい、どうしたの？　あれ、ひとり？　……ちょっとパス見せてね」

わたしは女の子に断りをいれ、彼女が首から下げたロボアイ館のメンバーズパスを確認する。名前はマキちゃんというらしい。昔、わたしが主催した科学教室にも来てくれたようで、風貌にどことなく見覚えがあった。わたしは膝をかがめ、マキちゃんに目線を合わせて尋ねる。

「こんにちは、マキちゃん。一緒に来た大人の方は？」

「知らん。迷子やと思う。……あのね、お姉さん、聞いてや。ミオちゃんがね、うちにいじわるするんや」

「……マキちゃんに？　うーん、それはおかしいね。ちょっと呼んでみようか」

わたしはタブレットを操作し、ミオちゃんを呼び出す。

《——はい、村主さん、どうしましたか》

「こんにちは、ミオちゃん。この子のこと知ってるよね」

《はい。マキさんです。先ほどもお話ししました。科学館のメンバーズですね》

ぱっと話した感じでは、ミオちゃんに変な個所はない。もう少し詳しい事情を話してくれるよう、マキちゃんに尋ねる。

「……あのね、ミオちゃん、うちの名前は知ってるし、今日のことは覚えてるの。でも、前に遊んだことを聞いても、覚えてないって言うんよ」

「あ……」

わたしは遅まきながら、何が起きているのか悟る。おそらくは何らかのトラブルで、一時的に来館者データに対するアクセスが遮断されてしまっているのだろう。これは開館前に同機能のテストを実施しなかったわたしのミスだ。

「あのね、マキちゃん。ミオちゃんは今、ええと、風邪で熱があるみたいな状態でね。それで、マキちゃんの名前は思い出せるけど、会話の内容は思い出せないんだ」

わたしはなんとかマキちゃんに、現在ミオちゃんが置かれている状況を理解してもらえるように説明を試みる。

「嘘や！　だってミオちゃん、他は普段通りやもん。ホンマはしっかり覚えてるけど、うちのこと嫌いになったから知らんふりしとるんやろ！」

わたしの説明が納得いかなかったのか、マキちゃんが目に大粒の涙を浮かべ、大声で言う。

「落ち着いて、マキちゃん。今のはお姉さんの説明が悪かった。えっとね――」

どこから説明したものかと悩んで考えていると、わたしたちの会話を聞きつけてきたのか、同じくメンバーズパスを首から下げた一人の年配の男性が走って駆けつけてくる。

「マキ！　こんなところにおったん。心配したわ。勝手にどっかいったらあかん言うたやろ！」

「……おとうさん！」

マキちゃんが男性に抱き着き、そのままうえーんと泣き出す。男性はこちらに礼を言いつつ、しがみついて離れないマキちゃんの様子に、怪訝そうな顔で尋ねる。

「学芸員さんと一緒やったんですか。助かりました。……あの、なんかあったんですか？」

# 6

「なるほど、だいたいの事情はわかりましたわ。ご迷惑をおかけしてすんません」

塾の先生をしているというマキちゃんのお父さんは、幸いわたしの説明をすぐに理解してくれた。メンテ担当のベンダーさんに確認したところ、トラブルの原因も科学館とデータセンターを繋ぐケーブルの接続不良と判明し、午後には復旧できる見込みとのことだった。

「こんなことになってしまい、すみません」

「いえいえ。気にせんといてください。マキには家に帰ってから、うまく伝えときますわ」

お父さんは、足にしがみついているマキちゃんの頭を優しくなでながら言う。

「私もロボアイ館は昔から来てますが、学芸員さんは今は村主さんおひとりだけなんですか？」

「はい、そうです」

「わ、そら大変ですね。しかし、今日は調子悪かったですけど、ミオちゃんの完成度はホンマ凄いですね。私も昔、少しＡＩをかじっとったんでようわかります」

「ありがとうございます。正直、もうミオちゃんなしでは回りません。今日みたいなトラブルがあると困りますし、わたしももう思い切って裏方として開発や運用に専念しようかな、と」

わたしが何気なく告げた言葉に対して、マキちゃんのお父さんが、眉をひそめて言う。

「──村主さん、それは違いますわ」

「え？」

「うまく言えませんが──たぶん、違います。ミオちゃんは確かに凄いです。でも、ミオちゃんだけが表に出るいうんは、何かちゃいますわ。それは、科学館やない気がします」

マキちゃんのお父さんは、考えながらゆっくりと話していたが、やがて苦笑して言った。

「あ、いや、素人の言うことですわ。忘れてください。ご迷惑おかけした上に、クレーマーみたいなことまでゆってしもてすんません。──ほら、マキ行くで。お姉さんにばいばいしいや」

お父さんはそう言うと、ぺこりとこちらに一礼してマキちゃんを抱き上げる。

「ありがとう、お姉さん。また来るね……ミオちゃんにも、よろしく」

マキちゃんはまだ少し落ち込んでいるようであったが、最後はこちらに手を振ってくれた。

そこから年末まではまさにあっという間だった。大きなトラブルもなく、ミオちゃんの〝風邪〟もすぐに快復。インシデントレポート上は、原因も対応策もクリアな一件の軽微なエラー。ただ、この一件はのどに刺さった小骨のように、わたしの心の片隅にずっと引っかかっていた。

今日は十二月二十八日。年末年始期間で、科学館は完全閉館中だ。何もやる気が起きず、わたしはマンションの床にごろりと転がりつつ、ぼんやりと考える。

わたしはなにがそんなに気になっているのだろう？　マキちゃんのお父さんは、最後、なにをわたしに伝えたかったのだろう？　冷たいフローリングの床が背からじわじわと熱を奪っていく。風邪をひいてしまうと頭の片隅で思いつつ、わたしは思考を止められないでいた。

個人用の携帯端末に左さんからチャットで連絡が入ったのは、そんな折だった。

《やっほー。村主ちゃん、暇？　今、大阪帰ってきとるんやけど、ちょっと顔出せへん？》

# 7

翌日のお昼。わたしは待ち合わせ場所である、日本橋の新国立文楽劇場の正面入口にいた。馴染みのない場所に居心地の悪さを感じていると、聞きなれた声がわたしを呼んだ。

「村主ちゃん、こっちこっち！」

大声で手を振る左さんのもとへ、わたしは人込みを縫うようにして向かう。

「お久しぶりです、左さん。時差ボケは大丈夫ですか？」

「あはは、もう大丈夫。ありがとう。急に呼び出してごめんな」

「いえ、どうせ家にいても何もすることありませんし」

「相変わらず仕事人間やねえ」

わたしが左さんと話し込んでいると、予想外の人物がわたしたちに声をかけた。

「おや、もうお二人とも着かれていましたか。遅くなり申し訳ありません」

「館長……！　お疲れさまです」

わたしは思わず背筋を正すが、足立さんは悪戯っぽく笑う。

「今日はオフですから、ただの足立です。さ、冷えますし中へと入りましょう」

足立さんと左さんに連れられ、わたしは緊張しながら劇場の中へと足を踏み入れた。

初めて入る文楽劇場は、思ったよりも普通の劇場に近い雰囲気だった。文楽人形を模したもぎりロボットに昔ながらの紙チケットを入口で渡し、左さんが取ってくれた席に座る。

「思ったより、人が多くてびっくりしてます。よくチケット取れましたね」

「やろ？　実はちょっとしたツテがあってな。今日の券も貰いものなんよ」

そうこうしているうちに開演のブザーが鳴り、明かりが次第に暗くなる。一瞬しんと静まった劇場内に語り部——太夫というらしい——の朗々とした声が響き渡り、演目が始まる。

演目は『曽根崎心中』。座席に備え付けたARグラスをかけることで、舞台を大写しで見ることができる。また現代語への自動翻訳字幕に加え、AIと人間のアーティストの合作によるイメージ映像も同時配信され、わたしのようなずぶの素人でも楽しめるようになっていた。

話は主人公の一人であるお初の魂が観音巡りをするところから始まる。ぼんやりと舞台を眺めていると、人形を支える三人の演者が下手から舞台に登場してきた。二人はいわゆる黒子姿だが、ひとりは紋付き袴を着て堂々と顔を出している。三人が息を合わせてまるで生きているかのように一体の人形を自在に操り舞わせる姿に、わたしは息をのむ。

お話の筋はこうだ。遊女であったお初に恋する醤油屋の丁稚、徳兵衛は、叔父である奉公先の主人から娘と結婚し店を継ぐように言われるがそれを断る。その結果、主人から借金返済を迫られ、昔馴染みの九平治にも騙された徳兵衛は、進退窮まりとうとう絶望のあまり、愛するお初とともに心中を遂げる。

正直、時代背景の違いか登場人物たちの行動にはわたしはそこまで共感できなかったが、語りと三味線、人形が三つ巴となった演技の素晴らしさに、わたしは思わず涙を流していた。

あっという間の三時間の公演が終わり、近くの喫茶店でわたしは二人と茶をしばいていた。

「うちの実家は能勢町いうてな、大阪の北も北、京都や兵庫との県境にある町なんやけど、そこは知る人ぞ知る文楽――人形浄瑠璃の聖地みたいな場所なんよ」

左さんが言う。おしゃべりでいつもふざけている彼女が、こうした自分自身のプライベートな話をするのは非常に珍しい。

「特に私が好きやったんは、人形遣いや。三人でひとつの人形を動かすなんて、奇妙やろ?」

「ええ、率直に言うと、人形の機構側でサポートを入れられれば、もっと少ない人数で楽に動かせるんじゃないかと思って見てました。あるいはロボットにやらせたり」

わたしは一旦内容の素晴らしさは忘れ、工学畑の人間としての率直な感想を述べる。

「そやね。普通に考えればそうや。この二十年のあいだ、オモテでもウラでも色んな変化や試行錯誤があった。アニメを題材にした新しい演目をつくったり、亡くなった人間国宝の太夫の語りをＡＩで再現したり、人形の骨組みを軽量のカーボン素材に変えてみたり……。でも、人形遣いはロボやなくて、昔の通り人間が遣うまま。なんでやと思う?」

「……それが本質だから、ですか? 人間が演じること自体が」

わたしは少し考えたのち、左さんにそう答える。

「正解、さすがやね、村主ちゃん」

左さんはにやりと笑い、コーヒーを啜った後、一息ついて語る。

「演目の主役は当然人形や。でもお客は人形だけやなくて、それを動かす人間の技術の粋を見に来とる。やから現代では多くの舞台が『出遣い』、つまり人形遣いが顔を出す舞台なんや」

そこまで聞いて、わたしは左さんが今日何を伝えたかったのかが、分かった気がした。

「……わたしたちと一緒、ですね」

「そう。現代の科学の主役は人形――AIや。でも、科学は本来人の営みで、私らは人形であるAIをつこうて科学を発展させている。それを忘れたらあかん」

左さんは姿勢を正し、こちらに向き直って言う。

「私らは黒子として背景と同化するんやなく、『出遣い』として、顔を出して科学して、お客さんとも向き合っていく必要がある。恥ずかしながら、それが私はようやくわかった。……村主ちゃん、今年はほんとうに色々ありがとうな。来年は私も戻ってくるから一緒にがんばろ」

「私も今年で大学は退官ですし、もっと科学館の仕事にコミットします。村主さん、今年はほんとうにありがとうございました」

左さんに加え、それまでわたしたちの話をじっと聞いていた足立さんが頭を下げて言う。二人からのねぎらいの言葉に、わたしは思わず胸を詰まらせつつ、礼を言う。

「……はい。ありがとうございます」

「三人一組。さながら、先の舞台で見た人形遣いそのものですね」

足立さんがそう言うと、ふと聞き覚えのある声が、左さんが持つタブレットから響いた。

《――私もいますよ、館長》

「ミオちゃん！　なんでここに？」

「館外でも動く環境を構築したんよ。ミオちゃんも私らと同じ、まだまだ勉強中や。もっと科学館の外に出て、様々なことを知らなあかん。ミオちゃん、この大阪という街はな、まだまだ奥が深いで。覚悟しときや。まずは、道頓堀の三代目カーネルさんにご挨拶や」

《――はい、カーネルさんということは、コンピュータ科学の関係者ですか？　楽しみです》

思わぬミオちゃんのボケに、わたしと左さん、そして足立さんは三人同時に吹き出す。

まだまだわたしたちは学ぶことばかりだ。ひとしきり笑った後、わたしは少しだけ気が晴れたような気持ちで、目の前のカップを口に運ぶ。幅の広い大きなカップに入ったコーヒーは、いつも一人でオフィスで飲むときより暖かく、胃に染み渡るように感じた。

## 8

皆と別れたわたしは、その足で梅田にあるお初天神を訪れることにした。お初と徳兵衛が悲恋の死を遂げたはずのこの場所は、今や縁結びで有名な神社として多くの人でにぎわっている。お参りを終え、小さな境内を眺めながら、わたしは思いを巡らせる。

はるか昔、この曽根崎は今のような姿ではなく大阪湾に浮かぶ島だったらしい。ロボアイ館のある夢洲だけでなく、大阪市のほぼ全ての地域が、治水や埋立てといった人々の努力によってつくられた土地であり、わたしたちは知らず知らずのうちにその集積の上で生きている。

それは、科学技術と人間の関係もおなじだとわたしは思う。

きっとそう遠くない未来、科学という物語を担う主役は、わたしたち人間ではなくＡＩとなるだろう。その時わたしたち研究者もまた、彼ら彼女たちと一緒に舞う演者から、それを楽しむ客席のお客さんとなるのだろう。でも、まだ今はその時ではない。

「――みをつくしてや、こひわたるべき、か」

いつかの夜、思い出せなかった和歌の下の句を、わたしは今度はすんなりと思い出す。この大阪という街も、科学も、将来どんな姿になるかは正直誰にもわからない。でも、ひとつだけ確実に言えることは、わたしたちがそれに恋い焦がれ愛しているということだ。わたしたちは人形遣いだ。時代の流れとともに変わり続けるこの街に住む人々の澪標として、三人と一人で力を合わせ、みをつくしてわたしたちの愛を伝えていこう。抜けるように青い冬の寒空を眺めつつ、わたしは少しだけ早い新年の抱負を、人知れず心に誓った。

# アリビーナに曰く

青島もうじき

## 「アリビーナに曰く」青島もうじき
## Aojima Mojiki

1970年に開催された万博、その後をたどるもう一つの物語。〈わたし〉は、“持続可能な万博”の会場で小さな機械の腕を手に握りしめたアリビーナと出会います。アリビーナはどこから来て、なにを語るのでしょうか。年間ベスト級の名作SFの誕生です。ゆっくりご堪能ください。

青島もうじきさんは、同人誌などで積極的に作品を発表してきた後、2021年に樋口恭介編『異常論文』(早川書房)収録の「空間把握能力の欠如による次元拡張レウム語の再解釈およびその完全な言語的対称性」で商業デビュー。2022年には、本アンソロジーにも参加している紅坂紫さんとのユニット〈傾斜面分光法〉で短歌一首評集『一九九九年のレプリカ』を発表しています。2023年、anon pressより第一短編集『破壊された遊園地のエスキース』を発表しました。近刊に『私は命の縷々々々々々』(星海社)。美しい文章が魅力の短編の名手です。

すべての塔にとって、その命の最後に残される役割は他でもない倒壊でありました。

月は徐々に遠ざかっているのだといいます。隕石と呼ぶにはあまりに巨大な天体が原始地球に衝突したのは海原に生命の生まれるずっと前のことで、ですから、この惑星において初めての自己複製は非生物によるものでした。衝突によって宇宙へ散らばった断片は周回軌道上で集合いたしまして、そうして地球にとっての唯一の衛星は生まれました。双子、きょうだい、親子。関係の有り様はいかようにでも呼ばれようかと存じますが、元は惑星の一部であったもうひとつの大地は、いまではただ手を伸ばすだけでは触れることのできないものと相成りました。

あなたは特別で、代わりなどはどこにもありません。かけがえのないもの。そう言葉を発した螺旋階段が脱力したように崩れ、その跡地には真新しく清浄な線路が引かれました。瓦礫を撤去する機械がどこからか湧き、剥き出しとなった鉄骨を拾って再びどこかへと消えてゆきます。機械もまた、瓦礫から造られておりました。

空へ浮かぶさだめなどというものはなく、他でもないあの土塊《つちくれ》が衛星となりましたのはただの偶然によるところが大きいのでしょう。神様が欠伸をしていたがために身代わりとなって浮かんだ土地があり、そのゆえに、四十六億年の未来に持ち帰られ展示室の目玉となりましたアポロ計画の石は、ただの石ころにすぎませんでした。

その塔は、基部が六角形であるために六角の樹とも呼ばれております。塔は広場の屋根から顔を覗かせた太陽の視線に燦燦と照らされており、有機的に張り出した構造物の描く陰影は月のクレーターのようでもありました。

塔には初め、展望室や貴賓室だけが設えられていたのだといいます。三本の主柱から成るトラス構造は用途に応じてキャビンを取り替えられる仕組みとなっており、柔軟な指先を以って建築へ臨むその態度は、生物の新陳代謝になぞらえて metabolism の名で呼ばれておりました。

建造物はその相互の関係に従って生と死と変化とを繰り返しております。種々の冷たい建材同士を絡ませ合いながらぼこぼこと蠢き、隣人にお伺いを立て、ふとした瞬きの隙間に見知らぬ誰かへと姿を変え、そのようにして建物は生態系を作っておりましたので、倒壊を目前とした塔に最後に組み込まれた小器官は、ただひたすらに支柱を這い上がってゆく線路でありました。会場全体をなぞるように輪を描いた周長五キロほどの加速器はその外縁で塔へと接続され、いまとなっては原型をとどめることのないその腫瘍にも似たキャビンから、はるか遠くへと旅立ちの道筋を体現しておりました。

六角の樹《エキスポタワー》。駅舎から吐き出されることとなります粒子の行方はこちらからでは観測することができませんが、きっとその目指す先は、千里の丘が衛星となったような世界でありましたのでしょう。

　アリビーナの小さな手にはいつしか古びた機械の腕が握られておりました。お祭り広場の大屋根の下は、無数の人で賑わっております。喧騒は均質な密度のためにむしろ無音にも思われ、それぞれに目的地を持ちながらも傍目には無作為に動き回るように見えますその集団の中で、塔の下にぼんやりと留まり続けるアリビーナは人の目にどこか浮き上がって映りました。

　閉場時間が近づきつつあり、薄暮れに佇む塔はその黄金の顔から光を放っておりました。キセノン投光器が照らし出すのはもう一つの塔であり、その白銀の樹の偉容を支えるようにして塔はその両腕をなだらかに広げておりました。

誰が話しかけようとも、アリビーナは迷子ではないのだと云い張りました。「迷子と呼ぶからにはあらかじめ定められた場所があるわけでしょう。博覧会に生まれたわたしに、そのような場所はないのです」とすまし顔で語るアリビーナは、確かに云うように入場時の照会記録がなく、誰しもが困ってしまって「気を付けて帰るんだよ」と繕ったような笑顔だけを残して喧騒の中へと再び溶け込んでゆくのでした。

閉場時間を迎えて人びとが興奮の余韻に頬を赤くしながら単軌鉄道《モノレール》に揺られるころもまだ、アリビーナは塔に身を預けておりました。線路は蛍池という駅にまで繋がっており、昔はその名の通り蛍狩りを遊ぶことのできる池があったのだと云いますが、それはアリビーナの生まれるずっと前の時代のお話でした。

やがて太陽が沈みきり、屋根から顔を突き出す塔もその瞼をそっと降ろしました。人びとのいなくなった会場でも建物たちは動き回り、緩慢な仕草で金型の破片を振り落としておりました。

アリビーナはようやく身体を起こしました。コンクリートに体温を奪われ続けた背中は冷たく、透き通った空から降り注ぎ続ける活字が電胎母型法の銅製のものであることをアリビーナは知りませんでした。磁気浮上式超電導リニアの薄い溝の上には月光が降り注いでおり、アリビーナの目には六角の樹へと続くその道のことがどうにも興味深く映りました。人の気配のなくなった博覧会の会場は真新しい建物のぴかぴか光るので明るく、そうして、滑《すべ》らかな線路の上を幾分か歩くうちにアリビーナはわたしのことを見つけ出しました。

「あなた、こんなところでなにをしているのです」と声を掛けられたわたしは、薄く眠気を感じていたこともあり驚いてしまいました。広場から依然として漂ってくるきらきらとした電子音はアリビーナの足元を薄く色づけており、わたしはいつか西洋の館で見た色硝子の様を思い出しました。

微睡みの中で「帰れませんでしたか。そうであれば、朝になって誰かの来るまで一緒に居りましょう」と提案をしてみましたが、アリビーナは首を横に振りました。気に入っておりますのか片時も手放そうとしない機械の腕がきゅうと軋み、螺子のほんの少しだけ緩んだのが見え、ほとほと困り果てたわたしの目の前には白く小さな鼻先が突き出されました。

「わたしを月にまで案内してはくれませんか」

アリビーナの指す先には六角の樹が聳《そび》えておりました。鉄骨やワイヤーを接《つ》ぎ接《は》いだ枝葉にはモミの木のオーナメントのようにして小部屋が下がり、その中でもひときわ目立って突端のあたりに真鍮の駅舎が突き刺さっておりました。

「あなた、解体機でしょ。同じ腕をしているもの」

アリビーナの掲げる鉄の腕は錆《さび》にまみれていて、けれど、確かにわたしの肩からぶら下がるそれと同じかたちのものでありました。

戸惑いはしましたものの、わたしとしてもアリビーナをどこに帰してよいやらわかりませんでしたから、濡れた黒い眼に光の粒を散らしたアリビーナに云われるがまま、夜風に枝葉を震わせる六角の樹までほてほて道案内をすることにいたしました。


「人間は都市を作る動物である」と申しましたのは、広場を覆う大屋根の設計者でありました。そこに「都市は人間を作る機械である」と循環参照のテーゼを書き加えたのはもはや誰であるのか判然といたしません。人間は人間を作る機械を作る動物となり、都市は都市を作る動物を作る機械となり、加えて「動物は機械である」という第三式が立式されたことにより、以下任意に枝分かれを繰り返しながら解釈は無限に続けられることとなります。助詞の「は」に足を掛けた誰かは、「人間」「都市」「を」「作る」「機械」「動物」の六角の螺旋階段を昇りながら、最終的に塔の突端であるところの「である」へたどり着きます。無数に折り畳まれた複文において主語は意味をなさず、誰の意思が建てた塔であるのかを気に掛ける者も最早そこにはおりませんでした。

日本万国博覧会がはじまりましたのは一九七〇年のことであり、限りのない会期の中、本年でとうとうEXPO'70＋75にまで達することと相成りました。現在となっては開会当初のパビリオンは一つとして現存しておりませんが、しかし、それは万博会場という巨大な出展物を貫く新陳代謝の思想に沿ったものでもありました。

最初のわたしが造られましたのは、せいぜいここ二、三十年ほどのことであったように思われます。自律解体機は生態系における分解者に相当する役割を担い、必要のなくなった建物を壊しながら自己増殖を行います。わたしの身体もそうした瓦礫から造られており、同様に増えすぎてしまったわたしも他のわたしの手によって解体されることとなります。そうしますとわたしというものが何者であるのかはいよいよ揺らいでゆくこととなりまして、その有様は電燈のわずかなちらつきに似た一瞬の気紛れであるようにも思われるのです。

わたしが生まれましたのは元はアメリカ館の建っていた一隅でした。開会直後は連日人びとの押し寄せたという展示も、数年が経つころには人気《ひとけ》の遠いものとなり、月から持ってこられたのだという石は普通の石ころと変わらず見向きもされないものとなって仕舞われました。

けれど、わたしは誰かの云い残していきました「かけがえのないもの」という言葉がどうにも忘れられないのでした。

わたしはこのいつまでも続く博覧会の会場において、重要な役割を果たしております。そのことは承知しているのですけれども、わたしがわたしで無くなった後にも、たしかに万博は続けられるのでしょう。そう考えると、わたしは深い水底へ沈められたようにどうにも胸が苦しくなるのでした。物思いにふけりながら月の凹凸の成す模様をぼうっと眺めておりましたところ、ついうとうとしてしまい、そうしてわたしは光の降る透明な夜、アリビーナに声を掛けられたのでした。

持続可能な万博においては、植生の豊かな森林もあったほうがよろしいでしょう。枝先に小さな赤い点を実らせた南天の低木が顔を覗かせたかと思えば、それを覆い隠すように楢や椎が葉を茂らせております。機械の植えたそれらの根元にはわずかに土が盛り上がり、いまだ根付いていない若木が寒々しく夜露に葉を濡らしておりました。

　アリビーナは造られた川のせせらぎに耳を傾けます。銀色の月明かりを弾く川面にはちらほらと緑に光る甲虫が舞い、わたしはそれが養殖された蛍であるものと承知しておりました。

　太陽を光の恩寵とするのであれば、月は重力の恩寵でございましょう。凪いだ水面は星粒のような冷光を散りばめながら、一段とあきらかにしらしらと冴えわたる月影をその面《おもて》に映し出しておりました。

　アリビーナはいつ拾ったのか、川のほとりに生える苹果《りんご》を齧っておりました。けれど、品種改良の結果であるのか酸味のそぎ落とされた果汁はアリビーナの気に召さなかったようで、歯型の刻まれた実は芯にいたるはるか手前で無造作に放り出されて仕舞われました。

「苹果《りんご》は捨てれば水底に沈みますのに、月は落ちてくることがございません」

　アリビーナは拾った機械の腕を振り子のようにして揺らしております。その背中はどこか寂しげにも見えまして、わたしはアリビーナが帰る場所を持たないと申していたのを思い出しました。

「アリビーナは、どうして月へゆきたいのですか」

川の向こう岸の瓦礫の山の背を、わたしたちが這いまわっているのが見えます。アリビーナはその様子を薄っすらと水の張る瞳で興味深げに眺めておりました。わたしは、月への道案内をあちらに頼むと云い出すのではないかと気が気でありませんでした。あちらのわたしたちにも、会場を歩くだけの機能は備えられておりました。

わたしの腕はいつかの解体で傷ついてしまったようで、配線のいくつかは取り返しのないほどに壊れてしまっておりました。もとより代わりのないものでもなく、循環する流れの中に組み込まれておりますため、いずれ遠くないうちにわたしは他のわたしの手で解体されることになるのでしょう。瓦礫より生まれた機械は瓦礫へ戻るのが道理でございました。

「月など、なにも特別なものではございませんでしょうに」と思わず零《こぼ》してしまいましたのは、そのような僻みがあったからかもしれません。アリビーナは顔を伏せたわたしに眼を遣り、そうしてそっと川砂を掬い上げました。

「この一粒一粒には、たしかに意味がございません。けれど、この砂のないことには川は川になりません。博覧会に生まれたあなたなら、きっとその示すところがわかりますでしょう」

アリビーナは足首まで川に浸かり、そのしなやかな肢で飛沫を散らしております。並木のごとく連なる電燈もまた瓦礫より生み出されたものであり、その光波は飛沫の一つ一つを十カラットの金剛に輝かせておりました。

「代わりがおりながらも他でもないわたしがここにいることには、わたしにとってはかけがえのない意味がございます。わたしたちの生まれたこの土地にはそのような価値が認められましょう」

なにか云おうと口を開き、しばらくそのままに固まってしまっておりましたわたしの代わりに、アリビーナはひとつ吠えました。

「ほら。月が、塔に届こうとしておりますよ」

見やると、天の廻《めぐ》るに従って月が塔の突端に差し掛かっているのが映りました。アリビーナは駅舎から月へゆかねばならず、わたしはそののちに駅舎を解体しなければなりません。刻限の迫るのを識《し》り、同期する向こう岸のわたしたちの動きにもさざなみのような乱れが走りました。

「さあ、参りましょう」アリビーナの柔らかい手に引かれた機械の腕からは螺子がはじけ飛び、川から跳ねたブリキの魚がそっとそれを口唇に食んでおりました。

表面に鱗粉を散らしたように輝く月を眺めるうち、わたしはわたしの生まれたときのことを思い出しておりました。

燭台のような意匠の金具に固定された月の石は、建て増しや改築の末に崩れ落ちましたアメリカ館の隅に、誰にも顧みられることのない史跡となって息を潜めておりました。宇宙船アポロの持ち帰りました月の石ははじめこそ展示の中心でございましたが、永く続きます博覧会の会期のうちに技術は進み、いまとなってはかつての遺物となっておりました。

人びとが月を目指しましたのには様々の事情があったのでしょうが、そこに集団としてのくにが関わりましたのは、争いごとのゆえでした。宇宙開発を競い合ったのはこの星を東と西とに分けた二つの大国であり、その成果物は争いのさなかに催されました博覧会のパビリオンにて、あかあかと誇示されることとなりました。

ソ連館には史上初の人工衛星でございますスプートニク一号の予備機や宇宙飛行士ガガーリンの肖像が飾られまして、それに抗するようにアメリカ館では有人月面着陸の証左である月の石が展示されました。

月など目指してなにが面白いのでしょう。解体機であるわたしたちは、みな誰もかもおおよそそのように考えておりましたが、事実、その開発をめぐる争いの舞台は次々と移りゆくこととなりました。宇宙から脳科学へ、脳科学から社会学へ、そして最後に人工知能によって自律する社会に至ったことにより国家そのものが解体されてゆきまして、博覧会はどろどろと溶けた国境のその懸濁液の波間に漂うこととなりました。

象徴に掲げた塔が移り変わっても社会は続いてゆかれます。ならば、その塔には必然性などなかったとも云えるのでしょう。

月の台座を務めておりました金具はやがてわたしの腕となりまして、それもまた壊れて次の用途へ回されようとしております。歩くたびにみしみしと音を立てる関節は、とうに油が切れておりました。

そうです。思い出してまいりました。わたしは六角の樹を解体するために瓦礫の山より造られたのでした。最近になり完成を迎えました加速器の中には量子が高速で回転しておりまして、その衝突により遥か異なる世界へと言葉を届けようとしているのでございました。月面を求めましたその歩みは、その博覧会の果てにもうひとつの世界へと向けられておりました。今夜は大きな満月の夜でございます。星を目指すには、たしかによい夜でございましょう。

磁気浮上式超電導リニアの線路が長く引かれ、アリビーナはその上を小さな素足で辿っております。アリビーナは鉄道を待っていたのでしょうが、アルコールランプに火を灯しながら黒煙を吐き吐き空をゆく列車が訪れることはございませんでした。ひとたびも車輪に触れたことのないレールはあめかぜにさらされ、あまねく赤く錆びついておりました。気流に漂う木の葉は大屋根から落ちたものでございましょうか。合成音声にしとど濡れた鉄の薄片は加速器の厚い壁に張り付き、やがて整備を担うなにかの機械の手によって剥がされてゆきました。

アリビーナはこれから、もうひとつの月へと旅立つのでしょう。千里の丘が月となり、月が千里の丘にあるような世界を目指す足取りは軽く、やはりこれではわたしが案内をするまでもなかったのだと思われました。隣の世界が可能であるのならば、この世界におけるわたしの全ての選択は意味を持つことがないでしょう。

誰もが怪我をすることのないように整えられた舗道でありながらわたしの歩みは乱れ、弾みで剥がれ落ちました金属の薄片のその微かな音を聞いたアリビーナは、わたしの身体をそっと抱きしめました。その背にはずっと大きく塔が映り、わたしはその役目の一つがいまにも終わろうとしていることを悟ることとなりました。

「こちらの万博は、くろがねのレールの分岐器のあたりであちらの万博と枝分かれをいたしました。あちらでは滞りなく東京五輪が開催されたのです」

東京、という地名が意外に思われまして、わたしはふと腕を取り落としてしまいました。アリビーナはそれをそっと拾い、わたしに穿たれた肩の接合部に嵌めこみながら話を続けます。音を立てて蝶番が弾けてしまいましたが、解体の機能については差し障りありません。もとより、わたしが壊れたとしても他のわたしが任に就くことになるのでしょうが。

「こちらでは東京五輪が催されませんでしたので、東海道新幹線の計画が大幅に遅れることとなりました」

アリビーナは、透明な月明かりに毛をつやつやと輝かせながら云います。その口調はどこか別れの言葉めいておりまして、わたしはアリビーナを引き留めたい衝動に駆られました。けれど、それをしてしまえばわたしはこの腕でわたし自身を解体してしまうことでしょう。解体機であるとは、そのような在り方を指しておりました。

「大阪と東京の時間距離は遠くなり、それ以降も別段の大きな催しごとがございませんでしたために高速交通網はあちらほどは発展しておらず、結果としてこちらの大阪はあちらに比べてより独立した都市としての機能を有することとなりました。細胞が分化し、ひとつの意味を持った個体となりますためには細胞同士の距離が離れていることが要求されます。拡散するシグナル分子の濃度によって決定されます細胞運命があり、距離が違いを生み、違いが意味を生むのです」

そう云うと、アリビーナはわたしの壊れかけた腕にそっと身を寄せました。泥を巻き上げながら渦巻いておりました誰かの「かけがえのないもの」という言葉は、静かな川面にまで浮き上がってきており、あきらかにその形を目に捉えることができました。

アリビーナの腕が川面をなぞりますと、掬い上げられた水の形に従って月が浮かび上がりました。

「千里の丘は、関係しながら距離を持つことによって、誰かが生きるための縁《よすが》となり得る場所です」

アリビーナの視線の先には、自己増殖を繰り返していつしか大樹となったエキスポタワーが聳えておりました。大木は誰が造ったのでもなく、関数に乱数を食べさせましたように、あらかじめ定められた仕組みへと条件を与えたその出力でありました。アリビーナはそこからもうひとつの世界を目指し、わたしはアリビーナの去ったのち、その塔を解体する役目にありました。

塔を壊してしまえばその塔は無価値となってしまわれる。わたしはそのように考えておりましたが、アリビーナは穏やかな、けれど決して侵されることのない宝石のような硬質な声音をもってそれを否定しておりました。

どうして、そのように優しいのでありましょうか。そう考えたとき、月の石を支えておりましたわたしの腕が目に入り、そうして、わたしはようやく一つの答えに思い至ることとなりました。

ソ連・スプートニク二号のために訓練された宇宙犬には、ライカの代わりとなる一匹の控えが用意されておりました。名前はアリビーナ。ほんの少し世界を違えておりましたら史上初めて周回軌道上に至った動物としての栄誉を得、そこで短い生涯を終えることとなっておりましたでしょう小さな獣は、運命と呼ぶには憚られるなにかの偶然によってわたしの隣に悠然と立っておりました。

塔の先には月が浮かんでおり、それは燭台の上に展示された何の変哲もない石のようでありました。アリビーナは、わたしのそれとよく似た機械の腕を咥え上げました。

「かけがえのないものでなくとも構いません。ただ、そこに屹立しているということが、塔にとっての何よりの価値でございます」

突然、背中に唸るような音が聞こえ、透明な列車が線路の上のわたしたちを追い抜いてまいりました。突風は肩から腕を引き剥がしながら吹き抜け、わたしは思わず瞑目をいたしました。たしかに風が吹き抜けたのですが、滑りゆくはずの電磁の車両は駅舎へ至ることがなく、こつぜんと夜の粒子の隙間へと消えてゆきました。

アリビーナ、と呼ぶ声は虚空へ吸い込まれ、代わりにわたしの目の前にはわたしと同じ素材でできた六角の樹が偉容を湛えておりました。塔はわずかの間だけ燐光を発し、そして、駅舎をかたかたと震わせたのちに完全に沈黙いたしました。アリビーナは、列車に乗って月へと去りましたのでしょう。

瓦礫の山より生まれ、そもそもの始まりに代替可能性を含意したmetabolismを塔として掲げられましたわたしには、未来永劫にわたって持続可能な万博というものは誰か特定の人間の存在価値を認めないようにも感じられてしまいました。

けれど、それは一面に過ぎない捉えようであったのでしょう。あなたがおらずとも万博は続いておりましたでしょうが、あなたがいなければこの万博にはなりえませんでした。あなたの存在が、もう一つの月の存在が、もう一つの万博の存在が、もう一つの犬の存在が、もう一つの塔の存在が、ただ異なる在り方が可能であるのだという事実こそが、誰かにとっての救いであるのでした。

アリビーナ。代わりがどこかにいることと、あなたを大切に思うことは食い違うものではございませんでした。

眼に見えることのない、音に聞くことのできない列車が、塔の突端から遥かもう一つの月を目指して発ってゆきました。

塔が灯り、アリビーナの月へ昇っていくそのわずかなひととき、わたしの瞳はもう一つの塔の姿を確かに捉えておりました。

エキスポタワー。一九七〇年に開かれ、同年九月十三日に閉会を迎えました万国博覧会のランドマークとして建設された鋼管の塔は二十一世紀の初めに老朽化を理由に解体されてしまい、いまとなりましてはその一部より造られた構造物をわずかに跡地に残すのみに留まっておりました。

新陳代謝《メタボリズム》におけるもっとも大切な特徴は、交換可能性でございましょう。構造物の内に埋め込まれた小部屋は、人間の細胞がそうでありますように、古び、無用のものとなりましたら取り替えることができます。わたしたちは、そのようにしていつまでも続くことのできる仕組みとして生まれたはずでした。

けれど、もう一つのエキスポタワーはひとたびも小部屋を交換することのないままに解体を迎えることとなりました。会場の跡地は公園となり、その南口には他の建造物と同じように終わりの時を迎えた塔の残骸より作り出された構造物が残され、それももう遠くない未来に撤去されることが決まっておりました。

すべての塔にとって、やはりその命の最後に残される役割は他でもない倒壊でありました。

時として人の生涯よりも永く続くそのコンクリートと鉄骨の関係は、蟻の掘り進めたわずかな横穴からほころびはじめ、ひずみは隣り合う建材へ伝播し、それが新しい負荷を産み、やがて全体を失調させせるに至ります。

そのようにして、塔は最後の役目を全うすることになりました。

けれど、アリビーナの云いますように、そこに塔のありましたことが何よりも大切であったのでしょう。

わたしの最後から数えて二番目の仕事は六角の樹の螺子を外すことでして、そして最後の仕事は、月を支えておりました機械の腕を誰かへと譲り渡すことでございました。その二つともをついに果たしてしまいましたわたしは、すでにここには存在しておりません。

塔をもうひとつ。アリビーナを乗せた電磁の鉄道が月へ辿り着くまで、残り四十五分ほどはございますでしょうか。

わたしは既にすっかり解《ほど》かれてしまいました。月を支えたその腕は誰か別のわたしの腕へと挿げ替えられることとなり、その胴は線路へ、脚は川岸の灯りとなりました。

けれど、わたしはたしかにこの博覧会に存在しておりました。壊れかけたその腕でアリビーナの手を引き、もう一つの博覧会がありましたその物語を、誰かへ届ける手伝いをいたしました。そのことを誇らしく感じながら、瓦礫はしんと横たわっております。

がらがらと鉄骨の枝葉を振り落として崩れゆく塔の根元で、わたしはもう一つの月のありさまをしらしらと夢に見るのでございました。

# チルドボックス

玄月

## 「チルドボックス」玄月

## Gengetsu

格差が広がった未来の大阪。その中でも、政府と行政は様々な社会保障改革に取り組み、その場しのぎの策を講じるのでしょう。しかし、人の心はそれで救われるのでしょうか。「チルドボックス」では、靭公園の近くの住宅で年老いた男性と若者が共に暮らし、お互いが抱える問題に直面していくことになります。

玄月さんは 1965 年生まれの在日韓国人 2 世。1998 年に同人誌〈白鴉〉に発表した「異境の落とし児」で第 5 回神戸ナビール文学賞を受賞。2000 年には大阪の下町に住む朝鮮人の老人を描いた「蔭の棲みか」で第 122 回芥川賞を受賞。大阪芸術大学教授。2011 年より大阪市中央区南船場で文学バー〈リズール〉を経営しています。

※本作は、震災についての言及を含みます。

昭和《あきかず》は、あきれたような顔をしている。

「どうしても慣れんな」

モニターの前、ソファに坐っている昭和に、二本目の缶ビールを差し出しながら、博士《ひろし》は訊く。

「朝からビールにか、画面がでかすぎるのにか」

モニターは縦が、かれらの背より高い。

昭和はそれに返事をせず、缶ビールを受け取って小さく礼をいった。

モニターでは、ふたりの老人がテニスに興じている。ボールが描く放物線は緩慢だが、互いにショットは正確で、ラリーは安定している。

「八十過ぎの老人の動きか、これは」

博士は昭和の隣に坐り、缶ビールを開けた。

「ああ、両陛下のことか」

天皇陛下八十五歳。皇后陛下八十一歳。八十歳になったばかりの昭和は、杖なしに歩けない。

「あと二十年くらいしたら、あんたもできるくらいアレも安なってるんとちゃうか。長生きしいや」

大阪万博の年に生まれたから博士と名付けられた――賢くなるようにという期待も込めて――青年は、二十歳になったばかり。ふたりがマッチしたのは、誕生日がおなじことも理由のひとつなのかと、昭和は思っていた。

「おれがあんたくらいの歳になるころには、体のパーツみんな入れ替えて、二百でも三百でも生きられるようになってるやろうな」

ニュース番組は終盤になり、日本地図、ついで関西の地図が表示された。本日の大阪の最高気温は三十九度、豊岡は四十一度の予想。

「最低気温、今日も三十度か。ほんま夏は嫌いやあ」

博士がそう言うと同時に、モニターの画面が十数分割され、さまざまな形のグラフが映し出された。昭和は横を見た。博士の顔にかかる、ドラゴンボールのスカウターにも見えるレンズが、淡い青色に点滅している。瞳が小刻みに動く様は、顕微鏡で見るミジンコみたいだ。昭和は子供のころの理科の授業を思い出した。

博士はたぶん、金融教育に重点を置いた国立の小中高一貫校の一期生あたりなのだろう。ここにきた初日に、冗談めかして日給なんぼやと訊いたところ、ちょっと考えて、日割りしたら三万円くらいちゃうかといった。

三万円。半年は楽に暮らせる金を、一日で稼ぐ二十歳。国はそんな若者を、大量に作り出そうとしている。身近なことのはずなのに、小説の設定のようにしか、昭和は感じられないでいた。

十年ほど前にデノミネーションが実施されたとき、二千五百円だった缶ビールは二円五十銭になったが、一年もしないうちに五十円に値上がりした。しばらくして物価が安定したとはいえ、あのころの混乱が、格差を――特に高齢者の――大きく拡げた。

昭和は缶ビールを飲み干すと、杖を摑んで立ち上がった。

「図書館に行ってくる」

博士は瞳をミジンコのように動かしながら返事をする。

「やめとき、焼け死ぬ。それに、行ってもどうせ本なんか読まんやろ」

博士から与えられた読書用の電子ペーパーを、昭和は一度も開いていない。

「だいたい、朝っぱらから酒臭いじじいはあっという間に警察に連れていかれるわ。それで迷惑かかるんはおれなんやから」

博士のいう「迷惑」とは、ポイント減点のことであり、身元引き受けのような煩わしさではない。

自分が受けている行政サービスの名称を、昭和は覚えられずにいた。漢字が十いくつ連なっているのだ。老人に金を使いたくない政府の苦肉の策。人口ピラミッドのもっとも分厚い層――団塊ジュニアとその前後――の中の、比較的健康で身寄りのない困窮高齢者を迎え入れるホストには、国からポイントが与えられるが、それにどういった特典があるのか、昭和はよくわかっていない。

自分には縁のない制度だと思っていたのに、突如住むところを失い、その翌日に市役所から携帯端末に通知がきた。この方とマッチしましたと。

博士の家に住み始めてから一週間。六十も離れた若者――初対面のときの口の悪さには実に閉口した――との共同生活は悪くない。ホストは最低限の衣食住を提供するだけで、ゲストと顔を合わせることはほとんどないと、勝手に思い込んでいた。この若者が変わってるだけかもしれないが。

「昼飯、肉でええか」

昭和がうなずくと、三十分後にチャイムが鳴った。玄関のチルドボックスに配送された肉を博士がキッチンに運ぶ。

「りっ、かけん、の、お、に、く、おにく、おにく、りっ、かけん、の」

博士が口ずさむコマーシャルソングを昭和は知っていたが、ここにくるまで商品についての知識はほとんどなかった。

博士は料理好きのようだ。暑さが苦手だから夜も外に出ず、宅配される食材で毎食楽しそうに調理する。ビールを飲みながら腰をふりふり、鼻歌交じりに。薄いグレーのジャージのズボンはずれてパンツが半分見えていて、三十年も四十年も昔の若者と着こなしは変わっていない。

デリバリーフードの質が高くなるにつれ、自宅で料理を楽しむ若者が増えてきたと聞く。レコードは相変わらず売れているし、紙の本も流通している。新聞紙はなくなった。

医者と弁護士の仕事が減り、自動運転は東京都心の一部だけ。かつてあれほどもてはやされた「シンギュラリティ」という言葉は、だれも口にしなくなった。

変わったことと、変わらないこと。記憶のある昭和四十五年から令和二十七年の七十五年間。

「ステーキ定食あがり！」

四角い漆塗りの盆に、ご飯、味噌汁、漬け物、野菜炒め、赤身のステーキが載っている。博士の料理は驚くほど美味である。

「うん、うまい」

赤身なのに、舌の上で溶けるよう。

「そりゃそやろ、神戸牛の倍する」

りっ、かけん、の、高級培養肉。安い培養肉もあるが、高価なものが売れているらしい。

「大豆の肉、あれはあかん。出来方はどうでもええねん、ほんまもんの肉やったら。だいたいヴィーガンのやつらは――」

持論を滔々と語りたがるところは、酒場のおっさんのようだ。

ダイニングテーブルで向かいあい、食後のコーヒーと塩昆布を嗜みながら、日課を開始する。

「そのときおれは大阪市東部に住んでて、震度五強やった。一月十七日午前五時ごろ」

「五時四十六分やて。まだ暗いな」

博士は手元の電子ペーパーを見ている。見るかしゃべるだけで、書き込むことも調べることもできるようだ。

「古い木造二階建てに住んでて、揺れはひどかったけど、タンスが倒れてくるなんてことはなかった」

「揺れた瞬間、なにを考えて、なにをした？」

「そんなもん」

昭和は歯に挟まった塩昆布を小指の爪で取り除いた。

「上の子の上に覆い被さった。下の子は嫁がおなじように」

子供たちはあの揺れでも、目ざめなかった。

「子供は当時いくつ？」

「上が三歳、下はまだ一歳になってなかった」

あれから五十年。あの子たちに最後に会ったのは。

えた。

「連絡も取ってないんか」

コーヒーを口に含むと、苦みが潮の香りを引き立てて、腔内に拡がる。博士は話を変

「この地震で死んだ親戚とか友だちおるんか」

「おらん」

嘘だった。いるといえば、話さないといけなくなる。

人は、いいたくないことはいわない。記憶は、都合よくねじ曲げられる。昭和は、ドキュメンタリー番組の〈歴史の証言〉的なものを、あまり信用しなかった。人の口から、真に客観的事実が述べられることなど、ないのだ。

昭和は博士に、それを踏まえさせて、「日課」に付き合っている。七十五年間の記憶を、訊ねられるがまま語る。もっとも聞きたがるのは、「昭和と平成の日常」についてだった。

「一九八八年の夏、おれはヨーロッパを独り旅してた。二十三歳やった。ロンドンにおるとき未亡人の家にホームステイして、ソウルオリンピックをテレビで一緒に見ながら、日本の天皇家について話したのを憶えてる。二千六百年続いてるというたら、未亡人えらい

驚いてた」

　ここで博士は、ほうっ、と感嘆した。

「なんでそんな話になったかというと、当時ロンドンでも、ヒロヒトの容態が毎日ニュースになってたんや」

「それは知らんかった。そんな情報はどこ探してもなかったわ」

　博士は、授業参観で息子が褒められた親のような顔でいった。

「翌年の一月に昭和天皇が亡くなると、停電かというくらい世間が暗くなった。高校ラグビー全国大会決勝戦が中止になった」

「おれは、バブル景気の恩恵はまったく受けてない。レストランで調理師してて、朝から晩まで安い給料で働いてた。実家の土地に五倍の値がついたけど。とにかくタクシーがつかまらんかったな」

　デノミネーションの混乱が落ち着くと経済が上向き、いまは八十年代のバブルに迫る好景気らしい。その恩恵を、昭和はもちろん受けていない。

「一生の間に二回も爆発的な好景気があったのに、ついてない人生やな」

博士は心底気の毒がっているように見えた。この若者は人生について、まだなにもわかっていないし、思い違いしている。二十歳でこんなに金儲けしてたら、それも仕方ないが。

「あれはおれが高一の十二月八日。家で晩飯食うとき夕刊拡げたら。新聞紙、映画とかで見たことあるやろ、拡げると一メートル弱くらいあるんや。それが、朝と夕方に家に配達される。ジョン・レノン射殺される、て見出しや。そらびっくりしたで。そのちょっと前にジョンの五年ぶりのニューアルバム買うたばっかりやったんや。腰抜けるくらいびっくりしたで」

この話をしたのは、ポール・マッカートニー百歳の誕生日を祝う三年前の映像を、博士と見ていたときのことだ。若かりしころのジョン・レノンがスクリーンに映し出されたときの、ポールのなんともいえない表情に、昭和は取り返しのつかないような気持ちになり、胸が鳴った。

そのあとポールは、ヘフナーのベースを抱えて立ち、「グラスオニオン」を歌った。ビートルズのころと変わらぬ声で。昭和が子供のころにデビューしたユーミンと桑田佳祐も、いまだステージに立っている。

博士がアコースティックギターを爪弾きながら、「イエスタデイ」を歌い始めた。昭和が生まれた年の曲だ。昭和は軟骨の磨り減った両膝を、手のひらでさする。健保が適用される簡易な補助器具でも、なければ車椅子に頼るしかなくなる。


昭和はいつもどおり、二時に目ざめた。トイレに立ち、水を飲みにキッチンに行くと、博士がいた。立ったまま、冷蔵庫にもたれている。ほろほろと泣いている。昭和に気づいても隠そうともしない。調理台の、いつもはレシピが表示されている小型モニターに、軍服姿で馬に乗った昭和天皇が映っている。つぎつぎと、昭和も記憶にある映像が映される。白黒の、カクカクとした。

「こんなんは、なんやろ、あんたくらいの歳の人が見たら、懐かしいもんなんか」

「ああ、懐かしいな。海馬にすり込まれてる。おれが生まれる前のことやが」

博士は泣きやんでうれしそうな顔をした。

「おんなじや。おれも、なんや懐かしゅうなんねん。生まれるうんとうんと前のことやのに」

博士はまた泣きだした。めそめそと。かなり酔っている。
「おれ、百年前に生まれて、命をかけてこの国を、天皇を守りたかった」
昭和は動揺した。現代の物質的に成功した二十歳がいうことか。
「心底願ってるんやぞ。なんでそんな顔をする？」
戦後百年。歴史の再認識が盛んに行われ、保守的な若者が増えていることは知ってい
た。だとしても。博士が力の抜けた笑みを浮かべた。
「叶うなんて思てるわけないやろ。この感情のやり場がないんや。いつかは中国の属国に
なるにしても、おれが生きてるうちは、この国を守りたい。でも、なにをしたらええかわ
からんねん」
昭和は言葉が出てこない。このままではいずれ中国の属国になるぞ、と煽る学者や評論
家がいることは知っているが、この若者は飛躍しすぎだ。あるいは、自分が取り残されて
いるだけなのかもしれないが。
「なんにしろ、令和の世が平穏なのは天皇のおかげや。君が代は永遠に」
博士はそういって小型モニターを消した。
「いつもこれくらいの時間に起きてるよな。いまから二度寝するんか」

「わからん。うまく眠れる気がせん」

「ちょっといっしょに外でぇへんか」

　この家にきて十日。昭和はまだ一度も外出していない。高級ホテルのような低層マンションには、ジムもプールも遊歩道もあるが、利用したことはない。五階の窓から靭公園を望んでいれば、外に出なくてもいいと思える。

　丑三つ時の外出など、何十年ぶりだろう。わくわくなどしない。からだと頭がうまく噛み合って動くか心配だ。

「この公園、戦後すぐにＧＨＱに接収されて、占領軍の飛行場になったんや」

「それは知らんかった。そやから東西に細長いんやな」

　昭和の反応に博士は満足そうにうなずき、暑い暑いと繰り返しいった。ふたりは四つ橋筋を南に歩いている。

　昭和は本当に知らなかった。若いころよくデートしたところだった。バラ園があり、噴水もある。芝生の上のランチ。なぜそんなに、過去に囚われている。若すぎるほど若いのに。

二十四時間営業の高級スーパーに着いた。会員制で昭和は入ったことがない。いや、入れない。自動ドアは二重になっていて、博士が前に立つと、一つ目が開き、二歩進むと一つ目が閉じ二つ目が開いた。チップを埋め込んでいない昭和が立っても、おなじようにはならない。

「なんでも好きなもん買うてええぞ」

そんなこといわれても、欲しいものなどない。店員がひとりもいない店内をゆっくり歩いた。台湾産のカラスミを見つけ、思わず手に取った。酒類コーナーには高級酒がずらっと並んでいて、白州十八年に目が釘付けになる。杖をついているから片手しか使えない。左右を見回して買い物かごを見つけたとき、博士が現れた。

「そろそろ行くで。それだけでええか。ほかは?」

昭和は急に恥ずかしくなって首を横に振った。博士は彼の手から瓶を取り、空に見えるデイパックに入れた。自分はなにも買ってないのか。

そしてそのまま外に出た。これも昭和の慣れないことのひとつだった。そわそわしてしまう。

本町通りまできて、博士は昭和の顔と足を見た。

「疲れたか」

足はまだ大丈夫だが、昭和は返事をしなかった。ちょうどきたタクシーに博士は手をあげた。タクシーは御堂筋を南に下り、道頓堀で止まった。ふたりとも降りたとき、運転手が声をかけてきた。忘れ物ですよと。

シートの上に、カラスミがあった。白州十八年を手に取るときに、後ろポケットに入れていたのだ。それを、ずっと忘れていられるか？

老い。暑さも感じなくなっている。

「じいさん、だいじょうぶか？　歩けるか？」

「だいじょうぶや」

そういったとたんに、昭和は、あっ、と短く叫んだ。

「スーパー出るときなんでなんも起こらんかったんや？」

「なんもって？」

「ブザーが鳴るとか、警備員が飛んでくるとか」

「じいさんのクレジットに余裕があるからやろ」

「そんな、そもそもおれはあそこの会員ちゃう……」

昭和は怒りっぽくないし、血圧はわりと安定している。だから、この感覚になじみはない。視界ではなく、頭の中が靄っている。脳に妙な圧がかかったみたいに。

「おい、震えてるやんけ。ちょっとそこ坐ろう」

博士は昭和を植え込みの縁に坐らせた。

「なにをそんなに興奮しとんねん」

昭和の震えが止まらない。

「いつ、チップ埋め込まれたんや」

「はあ？　なにぬかしとんねん。まじボケきてるんか」

「あれは、任意やろうが」

博士は腕組みをして、昭和を見下ろしている。

「なんでもかんでも人の任意に任せてたら、いまの世の中まわらんわ。『制限の中の自由』の享受の仕方、いまからでも勉強したらどうや」

昭和は返事も、立ち上がることもできない。

「ここで待っとけ。そんな時間かからん」

博士は苛ついた声でいい、昔ドンキホーテだった建物に入って行った。いまは、バーチャルなんとかの店になっている。いかがわしい商売をしているにちがいない。

昭和は腋が汗ばんでいるのに気づき、立ち上がった。御堂筋を東に渡り、さらに東に歩いて道頓堀川の遊歩道に下りた。

かつて、戎橋からここに飛び込んだ若者を何人も見てきた。最初は一九八五年。昭和は二十歳だった。阪神タイガースは二〇〇五年から優勝しておらず、いまやたくさんの魚が泳ぐ道頓堀川に、若者が飛び込む理由がなかなか生まれない。


時間の経ち方は熟知している。五年十年三十年五十年七十五年。節目ごとに、気力と体力と運勢と環境が変わり、テクノロジーは大きく進化した。

年を取るほど時の流れが早くなるということはない。過ぎ去った日々との距離感は、記憶の濃淡によって決まると思っていたが、意外とそうでもないことが、よくわかってきた。

そして、己の来し方を省みれば、行く末も見えるはずだった。

時代に取り残されてきたと感じだしたのは、そんな昔ではない。せいぜい五年。あのデノミネーションショックも、うまく立ち回れはしなかったが、見えていた。

道頓堀川のほとりに、涼めるような風は吹かない。そんなことはわかりきっていたのに。遊歩道のベンチに坐る昭和は、自分のからだのどこにチップが埋め込まれているのか、指で確かめようとしない。いままで気づかなかったことに、気づけるはずがない。人生がそうであるように。

携帯端末――博士はこんなもの持っていない――が震えた。二十分前に届いていた、体調を問うメッセージの再送だった。たまにくるこのメッセージは、そういうことだったのだ。昭和は携帯端末を道頓堀川に投げた。捨てたからといって、自由になれたわけじゃないことは、さすがにわかっている。わかってる。

昭和は立ち上がった。足がふらつき、欄干に手をついた。腋と額から汗が流れ、見えも聞こえもしないのに、川の底で携帯端末が震えているのがわかった。

色とりどりの光が浮かぶ川面に魚が跳ね、少し離れたカップルが声を立てた。子供のころから見てきた道頓堀川の水が、あのころの水とおなじであるわけないのに、おなじでないことがにわかに信じられなくなった。多少水がきれいになったところで、見えているものにちがいはないのに。

欄干と杖でからだを支えながら、人気のない西へ遊歩道を歩いた。四つ橋筋をくぐり、湊町リバープレイスにたどり着くと、若者がたくさんいた。ざわつきと危なっかしさがない。未成年者もいないだろう。最近の若者は牙を抜かれている、ということではない。無数にある顔認証監視カメラと体内チップが、制限の中の自由を保証している。チップのない自分にはあまり関係ないことと、思っていたのに。

いま何時かわからないが、夜明けはまだ遠そうだ。リバープレイスの大階段に、数十年ぶりに坐った。若いころは女とよく並んで坐ったものだ。

迎えにきたのは、警察官でも救急隊員でもなかった。白衣もサングラスもスーツも着ていない、若いのと中年くらいのおとなしそうな二人組。抵抗したらどうなるのだろう。過程は変わるが、結果はおなじだ。


「朝飯、肉でええか」

はっとした。博士の声で目がさめた。現実かと思ったが、夢だった。天井にかすかに光が当たっていて、夜が明けているのを知った。寝坊だ。今日もなんの予定もないのに、焦った。焦りをごまかすために、ベッドから動かないことにする。

そして、また生きていることを知った。生きていたら、腹が空く。焼いた肉が食いたくなった。培養でも代替でもいい、肉の味さえすればなんでも。焼き肉のたれにたっぷりつけて。
夏は終わろうとしていた。敗戦百年の日の前後十日ほど、博士は東京に行っていたらしい。その間、昭和はテレビにもニュースにも触れず、古い映画ばかり見た。早朝にマンション敷地内の遊歩道を歩いた。八月十五日は晴天だった。

博士は帰ってきてからどこか不機嫌で、ときおり思い詰め、あの日課もなくなった。博士の思うところを、自分が理解できると思わないが、それが、目新しい思想でないのは間違いない。

テクノロジーがこれほど進化しても、人間の頭の中はずっと変わらないのだ。人々は、実体のない国や神話や貨幣をあいかわらず信じているし、世界のあちこちで領土を取り合う紛争が起こっている。

からだを起こすと、よく眠れたからか頭が軽かった。携帯端末が震えた。メッセージの指示通り、人差し指にキャップを被せスイッチを押す。月に一度の検査。数分で、携帯端末に結果が出る。悪くてB判定。精密検査の必要はない。この歳まで入院したことがない。

なぜ、生かそうとするのか。おれは、まだ生きたいのか。生きたいのか自分でもわからないが、肉が食いたい。生きていたら、ただそれだけで腹が空く。

博士は起きているだろう。外出していなければ、リビングかダイニングキッチンに必ずいる。いつ寝ているのかなど、自分の心配することではない。

肉が食いたい。博士の顔を見るなり、そう言うつもりだ。

博士はダイニングキッチンにいた。上半身裸、腹に真っ白のさらしをぐるぐる巻き、下はカーキ色のズボン。ふくらはぎには巻脚絆が巻かれている。そして、日の丸のハチマキ。手には日本刀。イチローのように腕を伸ばし、縦に掲げている。小さなモニターには、一九七〇年の三島由紀夫が映っている。

「いつ決起するんや」

博士は泣いていた。かなり酔ってもいるようだ。

「なんて?」

「いつ、ニッポンのために、仲間たちと立ち上がるんや」

博士は日本刀をさらに高く掲げた。

「血判もしよらんやつら、信用できん。ひとりでやったろか」

日本刀は本物だろうと思いながら、昭和はテーブルについた。

「なにするつもりか知らんが、割あわんぞ、いまどき。尊敬する三島先生のこと考えろ」

「たしかにな」

博士は日本刀を鞘にしまった。顔はすっきりしている。気が済んだのだろう。博士が抱えている問題は、たんなるノスタルジーだ。物質では満たされない心の空隙を、かつての日本人が成しえなかった「物語」で埋めようとしている。なんて無駄なことに拘わっているのだと、昭和は哀しみすら覚える。

「肉が食いたい」

「朝っぱらからか？」

「ああ。生きてるから、腹が減る」

「そやな」

三十分後にチャイムが鳴り、チルドボックスに肉が届いた。

# Think of All the Great Things

中山奈々

## 「Think of All the Great Things」中山奈々
## Nakayama Nana

十三《じゅうそう》は、大阪キタの中心地である梅田から淀川を挟んだ場所に位置する下町です。大阪でも有数の飲み屋街として知られており、リドリー・スコット監督の映画『ブラック・レイン』のロケ地にもなりました。「Think of All the Great Things」では、10句からなるSF俳句で2045年の十三に生きる人々が描かれます。

中山奈々さんは1986年、大阪生まれ。高校2年生の時、俳句甲子園をきっかけに作句を始めました。2017年には川上未映子責任編集『早稲田文学　女性号』（筑摩書房）、佐藤文香編『天の川銀河発電所―Born after 1968　現代俳句ガイドブック』（左右社）に参加しています。SFアンソロジーに参加するのは、今回が初めてになります。

十人で泊まるラブホや金亀虫

ワンルームさえ借りられない。漫喫も考えれば割高。ラブホは一部屋五〇〇〇円。何人で泊まっても。

屑籠にいつも履歴書夏の雨

ペーパーレスの世になってもぼくらは履歴書を書かされる。面接先か、職安か、このラブホの屑箱行きなのに。

紫陽花や鬱専用ハローワーク

鬱病は国民病。だから手厚い。無意味なくらいに。泣ける。cry。

パソコンは死語ＰＣに夏野原
葛餅やＡＩ補佐の職を得て
ＡＩに石売る汗を拭ひつつ

ＡＩのほうがよっぽどつげ義春なんだ。つげ義春はいいぞと角打ちで教えてくれたじいさんは死んだらしい。

補助食のコオロギ分ける裸足かな

居酒屋へ行けぬ日当百日紅

補助食がほぼ主食になりつつある。この街にはこんなに居酒屋があるのに。

八月や厠なき居酒屋に吐く

反吐の口から出る愚痴をトミー像だけは聞いてくれる。

花火散る淀川へ入水し給へ

二〇四五年。未だ太宰治への憧れを禁じ得ず。ダサいとわかりつつ、
この道しかない。

# 秋の夜長に赤福を供える

宗方涼

## 「秋の夜長に赤福を供える」宗方涼

## Munakata Ryo

皆さんは、大阪府北部に位置する枚方《ひらかた》市の伝統である菊人形をご存知でしょうか。多くの伝統芸術・工芸と同じように職人の後継者不足に頭を痛め、興行としては縮小していく中で、この伝統を持続させ、復活させようとする人々の努力が続いています。「秋の夜長に赤福を供える」で描かれるのは、菊人形を通した親子三代の物語。2045 年の大阪で、人々は伝統とどう向き合うのでしょうか。

宗方涼さんは、枚方生まれ。2020 年の第 1 回かぐやコンテストで「官報公告 5 年前」が選外佳作となり、2021 年の第 2 回かぐや SF コンテストでは「昔、道路は黒かった」で最終候補入りを果たしました。2022 年刊行の『SF アンソロジー 新月／朧木果樹園の軌跡』（Kaguya Books ／社会評論社）に「声に乗せて」を寄稿しています。地域や組織の中で生きる人々の機微を描き出す作風が特徴です。

※本作は、震災および津波の描写を含みます。

祖父母と父、そして私の話をする。

祖父は一九六五年生まれ。先月、がんで他界した。享年八〇歳。まだまだ色々教えてほしいことも多かったが、その願いは叶わなかった。発見が遅れたすい臓がんは、様々な治療法が確立した今でも生存率が著しく低い疾患である。医師から病気の進行状態を聞かされた祖父は、「そうか」としか言わなかったらしい。検査結果の告知に同席した父の話だ。ショックで言葉を失ったわけではない。ただただ、無口な人であった。

祖父のライフワークは菊人形であった。菊人形とは、茎のしなやかな小菊を色とりどりに数多く揃えて、歌舞伎や時代劇、その年のＮＨＫ大河ドラマなどの登場人物をテーマにして等身大の人形を飾り、衣装に見立てる技芸である。発祥は江戸時代に遡り、明治期にはここ枚方でも菊人形展の興行が始まった。菊人形が国の無形文化財に指定されていると私が教わったのは小学校の授業だった。

兼業農家として菊栽培にのめり込み続けた祖父は、毎年秋になると、地元で開かれる菊人形展の世話にかかりきりだった。今よりもっと大規模な展示会を開催していた頃は、会期中は会場に泊まり込みで、夜通しで菊人形の衣装の着せ替えをしたのだという。まだ私が生まれる前の話だから、秋の夜長は相当冷え込んだのではないか。さすがに七〇歳を過ぎてからはそうした無茶はやらなくなったようだ。

私がよく覚えているのは、まだ小学生の頃の一場面だ。菊人形展の会期中に、夜遅くなって帰宅した祖父が風呂に入ったのを見計らって、祖母が「あの菊バカも、ようやっと程々ってもんが分かったんよ」と、私に晩のおかずを温め直しながら話してくれたことだ。

祖母は、兼業であっても農業を営む祖父と結婚した割には、菊への愛が薄い人のように思えた。むしろ話の節々からは、菊をあまり好いてはいないことが感じ取れる。当時は、「ばあちゃん、それって農家としてどうよ?」と心の中でつぶやいたが、口に出すことはしなかった。今は少し祖母の気持ちが分かる。祖母はきっと、父の心を占める菊と菊人形に嫉妬していたのだろう。祖母は祖父より数年前にこの世を去り、七回忌法要を営むことなく、祖父も逝った。

祖父はよく、愛知に「出張」していた。ここ枚方以上に菊人形が盛んな先進地、高浜というまちで、菊栽培や菊人形づくりについて関係者に教えを乞うていたのだという。孫への出張土産はいつも「赤福」だった。私の虫歯と太り過ぎを心配する母と、「なんで愛知出張で伊勢名物買うてくるん。ホントに高浜行ったんか？」と疑いの目を向ける祖母には不評であったが、赤福はいつも美味しかった。一度だけ祖父に「赤福どこで買うたん？」と聞いたら、「名古屋駅」と一言だけ返ってきた。在来線から新幹線に乗り換える時に買ったということだ。

祖父が栽培した菊を使った菊人形は、祖父が若い頃はひらパーで大々的に展示されていた。当時の名称で呼べば「枚方パーク」での菊人形展は、最盛期は五〇万人以上の来場者を集めていたが、父がまだ子供の頃に、入場者数の低迷とともに展示会は終了となり、以降は、京阪電鉄枚方市駅のコンコースや市役所のロビーで展示されたり、たまにイベントの際の飾り程度に細々と続けられているだけであった。かつて七〇軒以上あった菊農家も、今では一〇軒にも満たない。祖父は、菊人形が徐々に衰退していくことを悲しんでいたとは思うが、何分にも無口なせいか、それを孫娘に愚痴るようなことはしなかった。

父は、農家を継ぐことは無かったが、菊人形が衰退する状況に黙ってはいなかった。嘆きつつも行動にも移した。そして今ももがき続けている。

阪神・淡路大震災の年に生まれた父は、京都の大学を卒業後、枚方市役所に職を得て、専ら商工関係の部署を渡り歩いてきた。

京都との府境に位置する枚方市は、大阪市・京都市の両方のベッドタウンになる立地もあって古くから宅地開発が進んできた。しかし一方で、令和以降は高齢化と人口減少による都市のスポンジ化現象が市内の各地で進み、かつての「大阪市にも京都市にも近い」メリットは、逆に「どちらからも遠い」デメリットとして受け止められてもいる。だいぶ前には、空室増を理由に一九五〇年代の郊外型大規模住宅団地開発の先駆けとも言われた香里団地の閉鎖騒動が持ち上がり、姿勢を問われた大阪府知事の〝塩対応〟が炎上して国会にも飛び火するなど、人口減少とりわけ若者離れに歯止めがきかなくなっている。

父は、「伝統ある菊人形」をまちの活性化の起爆剤にしたいと、様々な策を講じ続けた。しかし、身びいきを抜きに冷静に評価すれば、一時の話題にはなってもまちの活性化や人口増には結びついていないのが現実である。

最初に手がけて失敗したのが、若手のお笑い芸人を招いたイベントの開催だった。ひらパーが大河ドラマの主演も務めたアイドルをイメージキャラクターに招いて成功した経験にあやかったのだろう。毎年の「菊人形」をお題にしたコントは、二～三年はそれなりに話題になったが、ある年に呼ばれた芸人が、「臭っ」とポーズをとったことが観客には大受けし、逆に菊人形関係者の逆鱗に触れてしまい、以降、芸能プロダクションとの関係がこじれた。

次に手がけたのはプロジェクションマッピングだった。メディアアーティストとタッグを組み、菊人形の胴体に様々な映像を重ね合わせ、他の照明や音楽と合わせてひとつの作品として作り上げる。これはもう何年か続き、ある年には大型の人形の衣装に絢爛豪華な錦絵とその早変わりをプロジェクターで瞬時に映し出した。しかし、大掛かりな仕掛けものに対応できるだけの菊の確保と職人の負担が年ごとに大きくなり、仲介役を担っていた菊農家側のキーパーソンの引退とともに、市担当者の奔走もむなしく企画は終了した。

三世代同居のわが家にも飛び火したのは、遺伝子操作を施した小菊の導入の是非だった。ＡＩを使って設計され、自在な色の花を咲かせるだけでない。指定寸法の胴殻に沿って伸び、人形をつくりやすいように〝デザインされた〟茎が伸びる小菊の栽培は、担い手が減り続ける菊人形職人の負担軽減を目的に、大学の生物研究室と市役所が協力して生み出したアイデアであった。研究室の閉鎖空間を出て、露地で実証実験に取り組みたいという父の説明に対して、口数の少ない祖父が珍しく激高した。

「その菊がほかの植物に影響しない保証がどこにある？　お前のやろうとしていることは、この枚方がバイオハザードの震源地になるということやぞ。分かってるのか！」言い方は時代がかっているが、祖父の言い分は理解できる。菊の花粉を身にまとったハチがどこに行くのかは誰にも分からないのだから。

「だったら父さんは、どうやったら菊人形が人気を取り戻せると思うんだよ。このまま枚方から、大阪から菊人形が無くなってもええんか？　のんきに年単位の品種改良とか言ってる場合じゃないんよ」父も負けずに言い返す。

「危なっかしいＡＩや怪しい技術に頼りたくはない、と言うとるんだ」

「父さんだってもう菊栽培にＡＩを使ってるんよ。水やりや挿し芽のタイミングだって、今はもうみんな、ＡＩの指示がないとできひんやないか」

「あれは天気予報みたいなもんや。手を使うのは俺たちや。ＡＩとか遺伝子操作やない」

「だから、その手がもう足りないと言ってるんだよ」

話は堂々巡りのままで、祖母は祖父の側につき、母は父の側について家庭内争議に発展し、晩ご飯のメニューに影響が出た。

　家庭内争議が一応の和解に向かったのは、その夏に発生したゲリラ豪雨のおかげといっていい。中学生だった私も、その後に起きた大地震とともによく覚えている災害だった。公式記録をもとに書き残しておこう。

　その日、西日本をゆっくりと南下した前線に向かって、太平洋高気圧の縁をまわって暖かく湿った空気が流れ込んだため、大気の状態が非常に不安定となり、大阪府内で激しい雷雨となった。特に大阪府北部・京都府南部を中心に猛烈な雨が降り、アメダスでは降り始めてからの総雨量が豊中で一八〇ミリ、枚方では二五〇ミリを観測した。

　この影響で府内では床上浸水二六八戸、床下浸水三八二二戸が発生した他、土砂災害や道路の冠水が多数発生し、交通機関にも大きな影響が及んだ。淀川沿いを走る京阪電鉄は冠水の影響で枚方市を中心に各所で寸断され、全面復旧までには十二日間を要した、とある。

　ひらパーや祖父が菊を育てている圃場《ほじょう》がある地域は、浸水被害こそなかったが、土の一部流出や強い雨降りによる菊の痛みは避けられなかった。学校が臨時休校になった間は私も圃場に駆り出され、父とともに祖父の指示で復旧を手伝った。雨と汗の混じった泥まみれになりながら父も考え直したようで、復旧作業が落ち着いた頃になって、遺伝子操作は、色や茎の伸び方ではなく、熱さや水害に強い品種を開発するところからだとトーンダウンした。祖父も、ＡＩによる短時間天候予測を単なる〝天気予報〟扱いすることは止めて、頻発する天災に備えるよう意識を改めた。

家庭内争議は収まっても、そもそもの命題であるまちの活性化や人口減少の食い止めに菊人形が何か貢献できたわけではない。私自身もこの水害を機に、自分の将来と菊人形の将来、そしてまちの将来を等価で考えるようになった。自分が菊人形づくりを継ぐことで、まちの将来にも何か貢献できるのではないか。しかし、具体的にはどうしたらいいのか。今でも正解は見つかっていない。

父の試行錯誤が続く中で、「それ」は起きた。〝助けて〟

南海トラフ巨大地震として早くから警鐘が鳴らされてきた大地震、後に「南海・西日本大震災」と呼ばれる歴史的な大災害は、その年の夏のある朝に発災し、三重県、和歌山県、徳島県、高知県、宮崎県の太平洋沿岸を襲った大津波を筆頭に、関東南部から東海、近畿地方、瀬戸内の中国地方にも甚大な被害をもたらした。地震発生による直接的な死者・行方不明者数は九万人。被災後の疾患等によるいわゆる災害関連死は、公式な記録だけで七千人を超えた。災害救助法の適用自治体は一都二府二六県の数百自治体に及び、東日本大震災の倍以上の規模となった。

大阪府では内陸を除くほぼ全域が震度６弱かそれ以上の揺れに見舞われ、かつて万博が開催された湾岸開発地域では広域に渡って液状化現象が発生した。一九八一年の耐震基準以前の設計で築六〇年を数える沿岸部の建物は、軒並み倒壊や傾斜等の深刻な被害を受けた。

最初の大きな揺れで、枚方の自宅の壁には大きなひびが入り、固定されていない家具やその内容物は家中をはね転げた。あわてて柱にしがみついて身を守ろうとする私は、ただひたすらこの悪夢が終わることだけを祈っていた。大地の身震いが鎮まるまで一分と少しくらいだっただろうか。家に居たのは祖父母と私だけだった。一切合切をひっくり返したような部屋で、ぼう然とする私が握りしめていたスマホに父からの着信があった。我に返って通話ボタンを押す。父の一方的な声だけが私の左耳を貫いた。

「お父さんは無事だから！　これから枚方小学校で避難所のかい――」そこまで聞き取れたところで通話が切れた。ネットワークが寸断されたか通話が殺到して回線が混乱しているのか、あるいはその両方だろう。大災害の発生時に自治体の職員は、各自が予め決められた施設に向かい、避難所の開設と運営を担う。私も「大地震が起きたらお父さんはしばらく家には帰れないから」と、日頃から言い聞かされている。父の受け持ちは高台にある枚方小学校の広域避難所である。あそこならこれから津波が襲ってくることもないだろう。私は父の無事に安堵した。

結局父が自宅に帰宅したのは、地震から十一日が経ってからであった。東京出張中だった母の帰宅は、それからさらに五日後になった。

地震直後にガスの元栓を閉じた祖父は、割れたガラスか何かで指を切ったらしく左手ににじむ血を押さえている祖母に「母ちゃん！」と揺れが収まってすぐに駆け寄った。すぐに祖母から「菊ンとこに行き！　こっちはいいから」と促され、床に転がっていた作業着を引っ張り出して祖父は圃場に向かった。さらに「あんたも！」と言われて私も家を飛び出した。祖父と菊の両方が心配だったのだ。

薄い屋根とすき間だらけの壁だけのような構造の圃場は半壊状態で、植えられていた菊の多くは壊れた屋根や壁に押しつぶされていた。祖父と私は二人で協力して圃場の仮復旧と無事だった菊の保全に取り組んだ。なんとか形だけでも壊れものを取り除き終える頃にはすっかり夕闇が迫っていて、そこで私たちは初めて、広域で停電していることに気づいた。

「帰ろう。ばあちゃんも心配してるだろうし、腹も減った」

祖父と一緒に帰宅すると、停電中にどうやったものか、左手にナイロン手袋をはめた祖母がたくさんのご飯を炊いていて、型抜きでおにぎりを量産していた。

「あたしも慌ててたんだね。こんなにできちゃったよ」大量のおにぎりはそのまま、近隣や消防団への炊き出しになった。

祖母が「菊ンとこに」と祖父に言ったのには理由があった。後で聞いたことだが、祖母は「つぶされそうになった菊の悲鳴」を感じ取ったのだという。

「菊がな、〝好きや〟とか〝好かん〟って言ってるのがなぜか分かるンよ」

「おばあちゃん、それってテレパシーか何か？　頭ン中に響くとか？」

「なんだろうね。じいちゃんも多少は分かるはずよ」

祖父にも訊いてみると、「菊の声みたいなもんや。何かあった時、それが菊にとって快適か不快かみたいな」と返ってきた。ただし、「こっちが騒々しいと、菊の声は聞こえん」らしく、それも日頃の祖父を無口にさせている理由らしい。

「あんたの父ちゃんは、菊の声は聞こえんようなのよ」と祖母は、別の機会に教えてくれた。声が聞こえるかどうかが菊と父の間の距離感の理由なのか、逆に距離感があるから菊の声が聞こえないのかは分からない。

最近になってから、「菊の声」と祖父母が言った植物の感情表現は、感情を示す何らかのフェロモンが分泌されていて、それを感受できる人間側の資質次第で「聞こえる」ということが分かってきた。祖父母にはあって、父にはなく、そしてどうやら私にもその資質は「ある」らしい。あの震災の日、私も初めて、菊の〝助けて〟と求める声を感じたことを覚えている。そのことを祖母に話すと、震災後の心身の疲労で弱っていた祖母だったが、「あんたにも菊の声が聞こえんたかえ」と、うれしそうな表情を見せた。

震災からの復興は途方もない険しい道のりであるが、枚方にとって少しだけ明るい要素もあった。枚方市内は、内陸に位置する分だけ守口市や門真市、寝屋川市に比べても建物倒壊などの被害は少なく、大阪市や堺市などの沿岸部で大きな被害を受けた地域から避難してきた多くの住民を、空き部屋が目立っていた市内の公営住宅で受け入れることにしたのである。住民基本台帳に反映される「転入」ではないため人口増とはいえない。いずれは故郷に帰っていく人たちかもしれないが、市内に暮らす人は増加に転じた。災害支援のNPOやボランティアを含めて、多くの人の集まる場所にはモノもカネも動き、情報が飛び交い、それらが相まって活気が生まれるようになった。

父は、発災後の緊急避難対応が一段落するとすぐ復興対策にも従事し、災害仮設住宅という名の団地群において様々なイベントを仕掛けることになった。日曜マルシェや語り場をはじめとした各種イベントが続く中で、父が仕掛けた企画の一つが、祖父らによる菊人形展の開催であった。私も当然のごとく手伝った。往年に比べれば規模も小さく、高浜からも菊の確保だけでなく応援の人も駆けつけ、やっと開催にこぎ着けた。

結果として、派手さのない、ただ観るだけの催しであったが、生きている菊は展示中も開花が続き、日ごとに違う表情を見せてくれる。騒々しさを好まない人たちには「癒される」と好評だった。震災関連死で祖母が亡くなり、精神的にダメージを受けていた祖父も、菊人形展の静かな反響には手応えを感じていたのではないだろうか。

「にぎやかでやかましいだけが大阪の文化やない」

祖父の口ぐせだった。勢いのあるお笑いや、今は震災で壊れたままの場所も多いがネオンの派手な繁華街のある日常、動物柄の服を平然と身にまとう女性や、会話にはボケやオチを入れなくてはと思っている人が本当にいるまち。伝統芸能である落語ですら、東京と違って見台をバンバン叩きながら調子をとる大阪。しかし、数百年前に茶の湯が確立したのもまた大坂（現在の堺市）であり、文楽も存続の危機を乗り越えてきた。それにならうなら、菊人形の静かな動きも、残すべき文化のひとつだと私は信じている。

その祖父も今はいない。私は菊園芸農家になって他の農家で経験を積んだ後、亡くなった祖父の圃場も引き継ぐことになった。

父が関わった最新の策は、担い手の確保である。菊栽培に取り組む農家が新たな営農者を市内に住まわせた場合に、住居費等の補助金を出すという制度を立ち上げた。これは遅きに過ぎたといえるだろう。補助金を受ける農家自体が減っていたのである。制度を利用して住み始めた人は数名であったが、それでも何もしないよりはよほど良い。実は私が住んでいる現在のアパートは、この制度の適用を受けている。もとからの菊農家の身内であっても使えるようにしてくれた背景には、父の私情が混じっていた可能性は高い。まあ、会社でも「住宅手当」があるのだから、と割り切って考えることにしている。

来週は、祖父ゆかりの高浜に「研修」に行く。帰りには名古屋で赤福を買ってきて、二人の位牌が仲良く並ぶ仏壇にお供えをしようと思っている。

# 復讐は何も生まない

牧野修

## 「復讐は何も生まない」牧野修
## Makino Osamu

大阪が不毛の地にならない保証はありません。「復讐は何も生まない」の舞台は荒廃した未来の大阪。逞しく生きる、けれどクセが強い二人は、ある目的を果たすために大阪に足を踏み入れます。まるで『北斗の拳』のような2045年の大阪で繰り広げられる痛快アクションをお楽しみください。

牧野修さんは、1992年に『王の眠る丘』で第1回ハイ！ノヴェル大賞を受賞して早川書房からデビュー。ホラーとSFの名手として知られており、ホラー映画やゲームのノベライズも手がけてきた一方で、2002年には『傀儡后』（早川書房）で第23回日本SF大賞を受賞しました。2020年には大阪万博を題材にした長編『万博聖戦』（早川書房）を刊行しています。

※本作には、震災および性暴力についての言及が含まれます。

「これを荒野というんやで、ダリア」

水曜日《ウェンズディ》は得意そうにそう言う。彼女は背中に大きな革製のケースを背負っている。何が入っているのか、黒革のケースはいびつな十字架のように見えた。

「荒野て、もっとアメリカとかカラフトとかスペインとかにあるんとちゃうん？」

ダリアが言う。言い終わる前に水曜日はちゃうちゃうと打ち消す。

「ちゃうちゃう。このあたりを荒野というんや」

なるほど確かにこの辺りは行けども行けども荒れ地が続くのだが、しかしなあ。

ダリアは首を捻る。

「それ、ほんまか」

「ほんまやほんま」

水曜日は自信たっぷりだ。

すべては統合型リゾート《IR》誘致の緩やかな失敗に始まる。予定の十数倍の資金を投入し、予想の十数分の一の収益しか上げられなかった。いくらかかっていくら儲かったのか、それが公表されることもなかった。憶測だけが飛び交い黒塗りの書類が山ほど積み上げられた。そしてうやむやなまま、あの南海トラフ地震が夢洲を沈める。これから儲かるところだったのに、と首長は悪びれることなくコメントを寄せた。それを胡麻化すかのように、沈んだ夢洲にまた盛り土をして再開発を続けようとしたら、盛り土に大量の有害物質が混入していたことが発覚した。それは南海トラフ地震で被災した原子力発電所から出た大量の汚染土だった。その処分は談合で決定した知り合いの処理業者に丸投げされていた。そして引き受けた業者から下請けへ、さらにその下請けへと順繰りに押し付けた挙句、何の処理も施されずに放置されていたのだ。それだけではなかった。地震で破壊された化学工場の汚染土。不法にアスベストを使用していた建造物の廃材。持っていきようのなかった有毒有害の土砂をここに一斉に投棄した。様々な不始末が表沙汰になったときにはほぼ盛り土の作業は終わっていた。これをやり直すだけの金は地方自治はもちろん国にもなかった。それ以来草木も生えない汚染地区として封鎖され、二十年もの時が過ぎようとしている。今では法の及ばぬ無法地帯だ。

「で、荒れ地にその元カレがいるっちゅうのも、間違いないんかいな」

「ピーターや。ピーター北島。元カレ言うな、胸糞悪い」

ひび割れた土地に唾を吐く。

「復讐や、復讐」

水曜日は袖を捲り上げ、金属の義手を中空に突き出した。隻腕の水曜日。彼女はそう呼ばれていた。

「昔はあんだけあっちの相性が最高やねんて、言うとったやん」

「そんな下品なこと言うた覚えはないけど。そりゃあ最初の頃はな、久しぶりに主人に会った犬みたいにウレションしかねない勢いでむしゃぶりついてくるのが可愛いかったし、それなりに心地良くもあったけど、飽きるよね。年を取れば」

聞いてもいない話を水曜日は続ける。

「飽きてしまうと、うちの股の間で『蕎麦はこうして食うんだよ』みたいな音をたてて吸ったり舐めたりしている男の相手してたら、そろそろ止めてもらえないだろうかと思う程度には退屈するわけよ。退屈したら、そりゃ不快にもなるやろ」

「そりゃなる」

「なんで男っちゅうのは、痒いところを掻いて気持ちいいのは最初の十数秒でそれ以上掻いてもただ痛くなるだけやということが理解出来へんのやろなあ。想像力を自販機横のゴミ箱にペットボトルと一緒に捨ててしもたんかと思うで。それで、んなことをうちが考え始めてるときにやで、なんとなく何かを察した男が顔を上げるわけよ。そんで、鼻から下をべたべたにして口の端に毛をへばりつかせた顔で得意げに『どうよ』と言わんばかりの表情をうちに見せられても、一体うちはどんな顔したらええねんな。いや、アドバイスが欲しいわけではない」

水曜日はダリアを睨んだ。

ダリアが面倒そうに言う。

「アドバイスする気は欠片もないけど」

「そんでな」

「話、まだ続くんかいな」

「最初のうちは、それなりに改善策を求めて、遠慮しながら恥ずかしげに痛いとか止めて欲しいとか主張したこともあるんやで。そやけど、この訴えをどのようにしたらそこまで良い方向に考えられるのかわからへんのやけどハイハイて言いながらまだ行為を継続する馬鹿相手にはどうしたら良いのん？　気持ちよくないんですってさらに正直に、それでもなお我慢強く慎みを持って相手を傷つけないように配慮した態度で訴えるやん。そうしたらどうなると思う」

「だいたい万引きを咎められたみたいな卑しい沈黙が続くわなあ」

「そうそう、あんた上手いこというなあ。で、沈黙は唐突に終わって、爆発したように罵倒を始めたり場合によっては物理的暴力あるいは暴力的気配で恫喝されるわけですよ。どう思う。哀れんでくれてもええで」

「哀れみはせえへんけどな」

「てなことを繰り返しているうちに、ようやく、それならまだ退屈している方がましだと悟ったわけよ。だいたいよくよく考えたらそれほどうちにとってセックスは切実な問題ではなかったんよ」

「嘘ついたらあかんで。あんたむっちゃ好きやん、セックス」

「いいかい、お嬢ちゃん」

「誰がお嬢ちゃんや」

「セックスというのはコミュニケーションなのだよ。そしておおよそこの世でコミュニケーションほど面倒なものはないやん。自分にとっても相手にとっても。面倒であることを前提にしても恋愛はついついしてしまうことがあるのだけれど、その後にも先にもセックスは必要ないよね。うちが好きなんはセックスちゃうねん。オナニーやねん」

「あら、露骨」

「うるさいわい。ここまで具体的に説明せえへんかったら、わかってもらわれへんねん」

「ま、それはそうやけど。理解してもらいたいと思うだけ、あんたはカワイイなあ」

「もういやだ。カワイイ言われたら照れますやん」

急にくねくねし始めた水曜日にダリアは言った。

「で、そのコミュニケーションのとれない元カレに愚痴でもこぼしに行くんかいな」

「ピーターやっていうてるやろ。だいたいあのボケとはそんな繊細な問題でわかれたわけでもないねん」

「知ってるよ。ワニの餌にされたんやろ」

「そうやで、頭おかしいやろ」

関係が冷え切って、それでもぐずぐず付き合っていたので、水曜日は急に思い立って結婚を迫ったのだ。よせばいいのに子供ができたと言って。すると「ぼくはまだ子供なんだよ。子供に子供ができるなんてありえない」と言って逃げ出した。「そんなん嫌や」とまだまだ彼に未練があった水曜日がさらに迫ると、ピーターは彼女を浴室で飼っていたワニに食わせようとした。

「だいたい風呂場でワニを飼うってどういうことよ」

「そこそこお金持ちやってん、ピーターは。父親が大手デベロッパーの社長で、この荒れ地の埋め立てでぼろ儲けしたらしいで」

「いや、そういう問題ちゃうやろ。それで逃げ出したんやったっけ」

「片腕だけおやつにやったけどな」

そう言って銀の腕をぶるぶると振り回した。

「なあ、ちょっと訊いてもいい？」

「なんでも自由に訊いてちょうだい」

「そのピーターって本名？」

「さあ、知らん。バンドやってる時の綽名《あだな》ちゃうか」

「やっぱりバンドやってたんや」

「何がやっぱりやの」

「いやいやとにかくピーターは本名ちゃうんやろ」

「そうみたいやで」

「で、あんたに水曜日って名前つけたのもピーターやんな？」

「そうやで。ピーターの相方やさかい水曜日《ウエンズデイ》や、って嬉しそうに言うて」

「ちょっと待って。それもしかしてピーター・パンのことをいうてるんちゃうの？」

「その通り」

「ピーター・パンが惚れてた女はウエンディやで」

ダリアは腹を抱えて笑い出した。

「あ、あかん。腹裂ける。助けて」

げらげらとダリアは笑う。笑い続ける。とうとう座り込んでひいひいと最後には声もなく、それでも笑う。笑いの発作は収まらない。水曜日は辛抱強く笑い終わるのを待った。

ようやく笑いの収まったダリアは、涙を流し放心した顔で水曜日を見上げた。

「そいつアホ代表やな。アホ王国のアホ国王やでそれは。で、そのアホ大王が荒れ野で待つ、って連絡してきたんやろ」

話は元に戻った。水曜日は手を伸ばし、ダリアを立ち上がらせた。

「メールで。最近メールなんか使《つこ》てへんからしばらく気がつけへんかったけど、ほら」

水曜日は自分のスマートコンタクトに映るメール画像を直接ダリアのコンタクトに伝えた。入力操作は眼球に映し出される画面を見ながらハンドサインで行う。ハンドサインはほぼ手指だけで表現できる日本語対応手話が元になっている。

「ほんまや。荒れ野で待つ、ピーターやて。ぷっ、あかん、あかん。どれだけ笑かすねん」

再びダリアの笑いの発作が始まる前に、水曜日が言った。

「ほら。見えてきた。あの店や」

指差す先にあるのは、大風が吹いたら飛んでしまいそうな掘っ建て小屋だった。その屋根には大きなソーラーパネルがついていた。電力はそれで賄っているのだろう。

「さあ、入るで」

水曜日は銀色の腕で入り口を押し開けた。

中に入ると意外なほど広い。L字型のカウンターには、何人かの男たちが腰を据えて飲んでいた。

こういうところに来ると、水曜日は自分が犬の糞になったような気がするのだった。

「ウイスキー、ロックで」

それでも酒は注文する。

五年ぐらい使っている雑巾みたいなバーテンが、製氷機にグラスを突っ込んで氷を掬った。麦茶じみた色の何かが入った大きなディスペンサーからウイスキーのような何かがグラスの中へと注ぎこまれた。

こんっ、とグラスがテーブルに置かれた。

「うちもそれ」

ダリアが言う。言ったときにはすでに同じものがテーブルに置かれていた。言う前から用意していたみたいだけれど、違うものを注文した時はどうするつもりだったんだろうか、とどうでもいいことを考えながら、水曜日はそれを一気に飲み干した。二人を見ていたすべての男が、ほおと感心したように息を漏らす。そして一人の男が近づいてきた。

「姉ちゃん、飲みっぷりがええなあ」

――うちに群がるのは太った蝿ばっかり。

水曜日が呟く。

「なんて?」

「なんでもない」

真顔で男を見上げる。

「一杯おごらせてえな。そっちのお姉ちゃんにも」

男は、バーテンに目配せした。ほぼ同時に二人の目の前にショットグラスが置かれた。中に入っているのは透明な何か。見た感じでは水にしか見えない。が、きついアルコールのにおいがした。

おそらくスピリタスウォッカ。アルコール度数九十六パーセントの超辛口だ。何も言わずに女にこれを勧める男にロクな人間はいない。

――ほら、うちに群れるのは太った蝿だけやろ。

「はえ？」

「聞こえるように言うたろか？　うちらに集まってくるような男は糞蝿ばっかりやて言うてん。聞こえたか、蝿。例え世界中のすべての男とセックスすることを決めたとしてもおまえとはせえへんからな」

男の顔がたちまち紅潮していく。今にも熟れて爆ぜそうだ。

「な、なにぬかしとんねん、ドブスが。男漁りに来たヤリマンが御託並べてんとさっさと股開けや」

「確かにヤリマンかもしれへんけどな、好き嫌いがないからいうて泥は食わへんやろ」

他の男たちがげらげらと笑い出した。男は立ち上がった。怒りのあまり声が出ない。

こん、と音がしたのはダリアがショットグラスをカウンターに置いたからだ。

「もう一杯頼むわ」

ダリアが言うと、何事もないかのようにバーテンはウォッカを注いだ。

「兄ちゃん、これもおごりで頼むで」

グラスを突き出しダリアは言った。

「おまえ、何を――」

男は振り返ろうとして、脇腹に何かが突き立っているのを知った。

「うちが持ってるのは刃渡り十六センチ越えの銃剣《バヨネット》や。きちんと肋骨の間からまっすぐ腎臓を狙《ねろ》てるで。知ってるやろ。腎臓刺されたら激痛が走って大量に出血する。運が良かったら即死できるけどな、兄ちゃん」

ダリアは言うだけ言うと、きついウォッカをぐいと飲み干した。

「さて、質問です。ピーターって男知らんか？　ピーター北島」

言いながら水曜日は背中に担いでいた黒い革のケースを床に置いた。

「知ってるよな。あの男に雇われたんやろ、あんたら。女がやってくるから、好きなようにしてくれって。みんな一通りやり終わったら殺して捨てといてくれて。そう言われたんちゃう？　強姦殺人するだけの簡単なお仕事やって、聞いてたやろ。そやけど、残念ながらそれほど簡単な仕事ちゃうみたいやで」

パチパチと金具を外し、蓋を開いた。中に入っているのはオールステンレス製のギラギラ輝くツルハシだった。

それを掴み取って水曜日は言った。

「おまえを入れて頭の悪そうな男が六人。一斉にかかれば女二人ぐらい何とでもなる、って思ってんのとちゃう？　どう、試してみたら」

いかにも堪え性のなさそうな顔の男が立ちあがり怒鳴った。

「なめ――」

なめんなか、なめてか、ナメクジか、何を言いたかったのかは誰にもわからない。言い終わる前に脳天にステンレスのツルハシが突き立っていたからだ。頭からツルハシを生やしたまま倒れた男を、河岸の冷凍マグロみたいに引きずり、頭に足を掛けてツルハシを抜き取った。

ちょっと様子を見て二番手ぐらいにやろうかと思っただろう小狡い顔の男が立ちあがった。同時に水曜日に話しかけてきた男が「馬鹿止めろ」と制止したのだが、その時には銃剣の刃がずぶりと脇腹に突き立ち腎臓を貫いていた。ダリアは鍔《ガード》に指を掛けて、さらに奥へと押し込み、中でぐりっと回転させて抜き取る。

公言した通り大量の血を吹きだしながら男が倒れた。苦痛に身をよじっているところを見ると死んではいないようだ。今のところは。

残り四人。

ダリアは倒れた男のポケットから札入れを抜き取り、そのままバーテンに渡した。

「こいつのおごりでもう一杯」

バーテンは言われるままに、グラスを混じりけのない透明な液体で満たす。

それをくい、と呷ると水曜日に言った。

「二人ずつやな」

「割り切れる数で良かったわ。前はどっちが少ない方取るかで喧嘩したからな」

「そら喧嘩もするやろ。あんたが少ない方をすぐに選ぶから」

「うちは虚弱体質やから肉体労働には向いてへんねん」

「腹筋バキバキに割れてる肉体派がなに言うてんねん」

「これはお母様に小さな頃からバレエを習わされてたからや」

「何がお母様や。小便ちびるまでパチンコ屋でねばる女のどこがお母様やねん」

「……おとんにボコボコにされてパンパンに顔腫らして泊めてくれって言いに来たのは誰や」

「あ、あほか。お父さんはうちを大学までやってくれたんや。ああ見えてうちには優しいねん」

「ファザコン」

「相手選べへんあんたよりはずっとましやろ」

「選んどるわ」

「クズな男ばっかり寄ってくるけどな」

「うるさい、ほっとけ！　うちはほんまに男運悪い……ちょっと待って。そんなこと言うてる場合とちゃうやろ」

水曜日はゆっくりと周囲の様子を伺った。

「人相悪いのがこっち睨んでるで」

そう言ってからバーテンに空のショットグラスを見せた。

バーテンはすぐにそのグラスをウォッカで満たした。杯を呷る。そしてポケットからプラスチック製の安いライターを取り出した。

ツルハシを引きずりながら一番近くにいた男へと近づく。

ゆっくりとライターを持った手を上げた。

ライターに火がついていた。

「俺は煙草を吸わん」

男がそう言ったとき、水曜日は霧状にしたウォッカを男に吹きかけた。

口と男の顔の真ん中にライターの火があった。たちまちアルコールに引火する。

火炎放射器並みの炎が男の顔を舐める。

松明のようになった男がスツールから転げ落ちた。

その後ろにいた男が、腰に挟んでいた拳銃を取り出した。

もう遅かった。

銃口が水曜日を向く前に、男の顎から脳天へとツルハシが突きあげた。

ぶん、と水曜日がツルハシを振ると、男の身体が吹っ飛ぶ。

どこに飛んだかも見届けずに、残った男たちを見たら、二人ともすでに喉をナイフで切り裂かれ床に倒れていた。

水曜日は頭がまだ燃えている男の顔に、アイスペールにたまった氷水をぶちまけた。

その喉元をブーツで踏みつけながら言う。

「さあ、ピーターはどこにおんねんな」

「ここにはおらん」

赤くただれた顔で男は言った。

「嘘や。あの馬鹿変態は絶対にうちらがやられるとこが観たいはず。カメラがどっかにあるかなと思たけど、それはなさそうやし、今ここには電波も届いてないはず。そうやな、ダリア」

「高い金出して通信抑止装置を買《こ》うたんや。もう携帯なんか使われへんで。うちらを甘く見たらあかんわ。何の準備もなくこんなとこ来るわけないやろ」

「さあ、あの糞野郎がどこにおるんか教えて。ほんとにここから離れているならここに呼び出してんか」

水曜日は横たわった男の首の付けね辺りを、重い革靴の底で、ぐいと踏みつけた。あまり力を入れたようには見えなかったが、男は甲高い悲鳴を上げた。

「ほらな、ダリア、鎖骨はむっちゃ折れやすいねんで」

「んなこと、教えてもらわんでも知ってるわ」

「さあ、改めて頼むで兄ちゃん。あのボケ呼び出してもらえるか」

「呼び出すまでもない」

ガシャンガシャンと重たい機械の作動音が聞こえた。

それが扉を開けて入ってきたのだ。

人型の作業ロボットだ。身長は三メートル近い。頭が小さな小屋の天井すれすれだった。

「このストーカー女」

ロボットの中から声が聞こえた。鉄骨で作られた無骨な殻の中に、痩せた男が収まっていた。中に人間が入ってコントロールするようになっているようだ。

「ここで決着つけてやる。ここは治外法権だ。人が殺されても誰にも発見されず、すぐに砂に埋もれて骨になる」

「なんか声小さいし、甲高いし、聞き取りにくいなあ、ピーターは」とダリア。「そやねん。うちも苦労したわ、ピーターと喋るのん」

「第一内容もあんまりないしなあ。表現も、なんちゅうのかなあ、へたくそやよなあ、ピーター」

「女の扱いが下手な男はだいたい喋りもへたくそやからなあ」

「うるさいうるさいうるさいいいいい」

声を張ろうとして途中から裏返ってしまっている。

「ほざいてられるのも今のうちじゃ」

拳銃を出してきた。だが操縦席周りは鉄骨で囲まれている。身体を動かし、隙間から狙おうとするのだが、操縦席に安全ベルトで固定されているので、どうにも上手く狙えない。それでも無理やり何発か撃ったが、どれもこれも小屋の壁を撃ち抜いただけで終わった。

「どうや、まいったか」

たいして動いていないのに息が荒い。

「危ないやろ。当たったらどうするねん」と水曜日。

「当てるつもりで撃ってるんや、ボケ」

「罵倒する語彙に乏しいよな、ピーターは。水曜日から何を学んだんや。彼女は罵倒の女王やで」

「どうも、女王です」

水曜日は一歩前に出た。

「そっから出てきたらどうや。物陰から悪口言うて許されるのは三歳までやで」

「う、うるさいわ、ボケ。そんな言葉に騙されへんぞ」

「ええから出ておいで、ピーター。外の水は甘いで、ピーター」

水曜日は嬉しそうにピーターピーターと繰り返した。

「あんた、ピーターって言いたいだけやろ」

「ええい、黙れ黙れ黙れ」

ピーターは叫びながら機械の腕を振り回し、そこら中を踏み荒らす。地団太を踏んで悔しがっているように見えるが笑ってばかりもいられない。狭い小屋の中だ。すぐに壁が崩れ天井に開いた穴からソーラーパネルが落ちてきた。

「なんでこんな狭いところにあんなもん持ってきたんや」

いち早く外に飛び出したダリアが言った。

「昔から場が読まれへん男やねん」

「やくざの溜まり場のバーで大はしゃぎしてボコボコにされたんやろ」

「小便ちびりながら平謝りや。初デートやで。うちでも『こりゃまずい』と思てたのに、隣の客に絡みだしたから、一人で帰ったろかと思たわ」

懐かしい話で盛り上がっていると、もうもうと上がる砂ぼこりの中から、人型作業ロボットが現れてきた。

「このブスどもが。おまえらみたいな……」

風が吹き、ゆっくりと砂塵が消える。

ピーターの前には誰もいない。

さっきまでそこで声が聞こえていたのにと左右を見回すと、すぐ右横に水曜日が立っていた。じっとピーターを見上げている。

「まっ、おまえっ」

銃口を水曜日へと向けた。

水曜日は左側を指差した。

「アホか。んなもんに騙されるわけが――」

左脇腹に何かが突きささった。激烈な痛みとともに全身の筋肉がぎゅっと縮まる。ピーターは胎児のような姿勢でぶるぶると震えていた。眼球はくるりと裏返り白目を剥き、噛みしめた歯の隙間から涎が垂れている。すぐに痛みは限界に達し、ピーターは気を失った。彼の脇腹に埋まっているのは電極だ。そこから伸びた電線はダリアの持つ拳銃へと繋がっていた。エアテイザーと呼ばれるスタンガンの一種だ。

「なんでうちらが何の準備もなしにここに来てると思たんやろ」

ダリアが首を傾げる。

「こいつはアホやねん。それはもうどうしようもないぐらいアホやねん。鼻くそ食べてる小学生のまま大きなってん。ま、確かにピーター・パンやな」

隙間から手を突っ込みコントロールパネルを操作する。前を押さえていた部分がパカリと開いた。ダリアが銃剣でシートベルトを切り裂いた。ピーターを二人して地面に引きずり出す。それはなかなかの重労働で、砂に寝かせたピーターの横に、二人は座り込んで一息ついた。

二人の目の前にグラスが差し出された。

「バーボンはお嫌いですか」

あのバーテンだった。砂ぼこりにまみれて真っ白だ。なのに差し出されたグラスはピカピカに磨かれていた。

「大好物です」

二人は声を揃えた。バーテンは、手にしたボトルからグラスに琥珀色の液体を注いだ。

「ジャックダニエルの二十七番。これは私からのおごりです」

二人は一気にそれを飲み干した。さっき中で飲んだウイスキーまがいとは香りも舌触りも、そして当然味わいも大違いだった。喉の奥から胃へと幸せが満ちて落ちていく。

「じゃあ、私はこれを退職金代わりにもらっていきますので、後はよろしく」

そう言うとボトルを片手にバーテンは地平線へと向かい歩いていった。

「じゃあ、うちらも仕事を続けよか」

水曜日はそう言うとピーターの服を脱がし始めた。

＊

寒さにピーターは目覚めた。

真上にあった太陽が、西の水平線に沈んでいこうとしている。

全裸だった。だが、生きている。まずは胸を撫で下ろす。潰れた小屋の下には六人分の死体が転がっているはずだ。慌ててピーターは己の腕を確かめた。目には目を歯には歯をの精神で腕を切り落とされる、と思ったからだ。が、両腕ともしっかりとくっついていた。

しかし、ピーターは喜べなかった。

腕に、恐ろしいほど雑で稚拙な文字で、バカだのうんこたれだの、小学生低学年の考えそうな悪態が彫られているのだ。

そう、彫られている。それは入れ墨だった。いや、入れ墨よりももっと原始的な、ナイフか何かで傷をつけ、そこに墨をすりこんだだけのものだ。見える限り、あらゆるところに汚言としか言いようのない悪口雑言が、内容に相応しい汚い文字で彫られていた。下腹部には矢印付きで短小ちんことあった。発想も語彙も文字も中学生以下だ。ピーターは恐る恐る顔に手をやった。額、頬、口から喉にかけて、酷く痛む。間違いない。見えはしないが、他のところ以上に大量の彫り物が残されている。

ピーターは大声でわめき、叫び、しまいにはうつ伏してしくしく泣きだした。泣き終わる頃にはすっかり陽が暮れていた。彼は倒れた小屋の中から死体を引きずり出しその服を奪い取って着た。そして水曜日たちへの呪詛の言葉をぶつぶつと呟きながら街へと向かった。うなだれ、打ちひしがれ、背を丸めてとぼとぼと歩く後ろ姿は、やがて砂粒となって地平線の向こうに消えた。

彼には見えていなかったが、彼の額には他の文字とは異なり、妙にしっかりした書体でこう彫られてあった。

——復讐は何も生まない

# みほちゃんを見に行く

正井

## 「みほちゃんを見に行く」正井
## Masai

2045 年、流石に荒地のようになっていなかったとしても、緩やかに擦り切れていく大阪の姿は容易に想像することができます。そんなまちで生活する〈みほちゃん〉は、他者からは「なぜそんな生き方をするのか」と訝しがられています。府外からみほちゃんを“見に行く”姪の〈私〉は、何を見て、何を感じとるのでしょうか。

正井さんは、2014 年に SF 短編集『沈黙のために』を発表。『フード性悪説アンソロジー 燦々たる食卓』や島アンソロジー『貝楼諸島へ／貝楼諸島より』など多くの同人誌に小説、短歌や俳句を寄稿してきました。2019 年には第 1 回ブンゲイファイトクラブ本戦に進出し、2020 年には「よーほるの」で第 1 回かぐや SF コンテスト最終候補に選出されています。オンライン SF 誌の Kaguya Planet では、「宇比川」「優しい女」を発表し、共に高い評価を受けました。2022 年刊行の『SF アンソロジー 新月／朧木果樹園の軌跡』（Kaguya Books ／社会評論社）では表題作を手がけ、本書『大阪 SF アンソロジー：OSAKA2045』では編者を務めています。

みほちゃんを見に行くのはバイトみたいなものだったけど、大阪までの往復の交通費と昼とかお茶代で出してもらってる五千円、そのお釣りが私の懐に入るって形で、バイト代っていうかおつかいくらいのささやかなお小遣いだ。始めた頃はともかく、今はお昼もそれなりの値段のものを食べるから、帰ってきたらいくらも残らない。

みほちゃんは私の伯母にあたる。独身で一人暮らしだ。高齢というほどでもないがまあまあいい年だし、死んでないかどうか確かめに行く。一度倒れていたことがあったのだ。みほちゃんはあんまりマメじゃなくて、メッセージアプリもよく返信をサボる。生きてるのか死んでるのか分からない。まあ生きているだろう、と思っていたら入院したと連絡があった。だからおばあちゃんに頼まれて、時々私が見に行く、ということになっている。五千円もおばあちゃんのお金だ。これが私の中学の頃の話。

「ほんでもあんた」

とみほちゃんが言う。

「もう就職するんやから来んでええよ」

とみほちゃんが言った。

「えー、まあでも行ける時は行くわ」

とか言っていたのに、私はあっさりみほちゃんの家に行くのをサボる。社会人一年目は思った以上にしんどかった。最後にみほちゃんは「まあ来たかったら来て」とか言っていたけど、なんだか約束を破ったような気になる。友達と行った旅行のお土産を渡しに行く、と言って、一年以上ぶりのみほちゃんの家に行く。もうお金はもらわない。

実を言うと大阪自体は一年ぶりじゃない。友達と遊びに行ったりお芝居やライヴに行ったり、ちょくちょく遊びには出ていた。みほちゃん家《ち》に顔を出す時間的な余裕はなかった……けど、なんだか約束を破ったような気持ちになる。

みほちゃんの家は、梅田からいくつか駅を通り過ぎたところにある。梅田はいくつも高いビルが建っていて、お店も人もたくさんで賑やかだ。電車に乗って遠ざかって行くと、低い建物の間から、ガラス張りの建物がいくつもにょきっと生えて、遠目にもキラキラしているのが見える。それは全く唐突で、離れてしまえばさっきまでそこにいたのが嘘みたいに思えるのだった。

中心から離れてしまうと、大阪は途端に寂しい町になる。道も建物も何もかもが古かった。ヴィンテージ的な古さじゃなくて、ただ擦り切れてくたびれている。道路はぼこぼこで、横断歩道も中央帯もペンキが消えかかっている。住宅街では、ところどころ、住む人のいなくなった家が放置されて、草がぼうぼう生えて崩れるままになっている。何かから守るように植木鉢だらけの家。来るたびにどこかが崩れていく家。大阪万博二十周年記念事業、と書かれた色褪せたポスターの貼られた壁ごと、ショベルカーで解体されている家は、次に行く時には空き地になっていて、そうなるともうその後には何も建てられない。

「人も古いんや」

といつかみほちゃんが言った。

「出て行く元気のある人はみぃんな出てったわ。こんなとこおってもしゃあないし。今おるんは、それがでけへんかった貧乏人と企業ばっかしや。企業やって人はあんまりおらへんしね」

みほちゃんの来し方を示すありとあらゆる物でどうしようもなく埋まった部屋で、近所で買ったケーキを食べながら。

「あとは鳥やな」

　鳥？


　川沿いのカフェはいつも混んでいるけれど、その日はぐずついた天気のせいかすんなり入れた。景色の見えるテラス席に座り、上着を掻き寄せながらコーヒーを飲む。川の中や対岸に鳥たちがやって来ては通りすぎる。川面に浮かんで泳いでいるカモ、流されているカワウ。コサギはゆっくり対岸を川下に向かって歩き、その横をセキレイがチョロチョロと走り過ぎる。

　詳しいんやね、と友人が言った。

「え？」

「鳥。色々名前知ってんやね」

　私は大学の友達とお茶をしに来ている。木製の机は少し湿っているような気がしたけれど、単に冷たかっただけかもしれない。空は曇っていて、今にも雨が降りそうだった。

降ったら降ったで中に入ったらいいや、と思っていた。

中之島は私が子供の頃から観光スポットとして有名だった。レトロな建物に薔薇園、川の周りを取り囲むようにカフェやレストランが並ぶ。そのどこも多言語表記の看板を出している。休日は混んでいてあまりゆっくりはできず、今日みたいな日のほうが珍しい。水飛沫をあげて目の前を水上バスが走っていく。スポンサーつきのラッピングバスだ。側面のコードを読み込むと、ＣＭが流れ、抽選サイトに飛ぶ。当選すれば割引コードや景品が当たる。私も友達もハズレ。当たったことある人おるん？　って笑い合う。

コーヒーを飲みながら、私は友達と近況を交換しあった。どこも同じ、仕事を覚えるのが大変でやることが多くて、時間も人も足りない。勤務先の部署の人たちはいい人だけど、忙しそうでものを尋ねるのも気がひける。愚痴を言い合いながらも私たちはこの時、社会のどこかに居場所を確保できたことにすごくほっとしていた。

鳥のことは、みほちゃんに聞いた。その時は中之島じゃなくて淀川の河川敷だった。私は中学生くらいで、何でこんなところに、って思っている。みほちゃんは、仕事だから別についてこなくていいと言ったのに、私は勝手についていきて、なんで、って思っている。

みほちゃんは何をやっているのかよく分からない。仕事は尋ねるたびに変わっている。

私が生まれる前は大手の本屋の店員をしていたのだけど、体力が続かなくてやめたのだと言う。その後は派遣会社に登録して、塾講師とか、どっかの事務員とか、翻訳会社のアシスタントとか、色んな仕事を転々としている。塾講師はみほちゃんが大学生の頃から続けていて、受験の時は私も勉強を教えてもらったりした。

「何か知らんけどタイミング悪いんよねえ、みほちゃんは」

とお母さんが言う。自分の姉をお母さんは友達みたいに呼ぶ。みほちゃんが本屋を辞めた直後に大きな金融恐慌があって、みほちゃんみたいな人は、あっと言う間に正規職から遠ざけられてしまった。その時は結構「レール外れたら終わり」みたいな感じやってんよ、とお母さんは言い、その時はって、私だってそうやんか、と反発を感じる。

鳥のことを教えてもらった時、みほちゃんは塾講師の他にライターをしていて、地元の小さいウェブ媒体に、いくつか記事を書いていた。その一つが淀川の話。淀川は、水質汚染で一時期生き物の数が激減した。一九五〇年代、高度経済成長期。その後の環境保全と回復の努力で淀川にも生き物が戻ってきた一方で、釣りブームや温暖化の影響で、外来種や今まで見なかった生き物も見るようになった、という。

淀川の生き物はたくさんいたけれど、覚えられたのは鳥の名前だけだ。みほちゃんは、端末の図鑑を見ながら、河川敷を歩いて、鳥類の名前を挙げていく。わかるの？　って尋ねたらまあある程度は、と答える。それから、仮設トイレに貼られている紙を嫌な顔をして剥がし、くしゃくしゃに丸め、間違ってる、と言う。

「雨の匂いがするねえ」

と言われて私は空を見上げた。中之島の川沿いのカフェの、その上空はどんよりと曇っている。たしかに何か匂いがするような気がするけれど、私はそれが雨の匂いなのか、そもそも私は今本当に匂いをかいでいるのか、わからない。

私が生まれる前に世界中で流行したCOVID-19という感染症は、私が物心つく頃に内服薬が出回って下火になった。少し上の世代は、みんなマスクをつけて学校に行っていたらしい。だから外したがらない人もいて、私が小学校の頃は、通学路で高校生の人を見ると、半分くらいはマスクだった。私の年代は、つけない人の方が多かったけど、マスクの子もいた。体が弱いとか顔を出すのが嫌とか、単なるおしゃれとか、理由は色々だったけど詮索するのは悪いことだったから親しい友達か有名な人くらいしか理由は知らない。

その代わりに私たちの中で嗅覚を失う子供が現れた。私たち、私の世代や、それより下の子供たち。COVID-19の症状や後遺症でもある嗅覚障害が、COVID-19にかかったわけでもない子供の間で起こるようになった。頻度は高くない。むしろ珍しいけれど、それだけに注目された。COVID-19に対する人類の記憶だと言う人もいたけど、それはちょっとロマンチックすぎる。子供は、大人が思っている以上に周りを見ている。

私に嗅覚障害が出たのは中学校の時だった。正確には香り失認という。COVID-19や鼻の病気による機能の低下や障害ではないからだ。レントゲンを撮られたり鼻に綿棒を突っ込まれたり、色々検査されてから、ほかの子たちと同じく、私も心因性の香り失認と診断された。私の鼻は正常に機能しているけれど、何らかの理由で、その情報と匂いの記憶が結びつかなくなっている。結びつけ方を忘れているか、その記憶自体がなくなっている。いつか思い出すかもしれないし、思い出さないかもしれない。きっかけは人によって色々で、お母さんもお父さんも、ネットで探してきた方法をいくつも試したけど、私の嗅覚が戻ることはなかった。

でも三ヶ月くらいであっさり戻った。きっかけは配信で授業に参加したことだった。配信といっても別に特別なものではない。普通に学校でみんなが受けてるやつを、オンラインミーティングで共有する。その時はインフルエンザで、熱は引いたけど自宅待機をしなきゃいけなかったので、学校から貸し出されている古めかしい端末から授業に参加した。

理科の授業だった。有機物と無機物、その違い。教室のタブレットは理科室に持ち込まれて、みんなの机の上には小さなカセットコンロや三脚の台が置かれている。コンロに火をつけ、金網を乗せた三脚の上にセットしたところで、班の人が気づいて端末のカメラを正面の黒板から机の上に向ける。画面がぐらっと揺れて、それが収まると、揺れる炎が見える。金網の上にはアルミホイルが置かれていて、中には砂糖が入っている。私からは見えないけれど、じりじりと、砂糖の焦げる匂いを私は知覚する。それから、

「あ」

「やばい」

「消せ消せ」

という声が聞こえて、コンロの火が消される。

その時から、私は少しずつ匂いを取り戻した。目で見るよりも画面越しで見る方が強く匂いを感じた。でも、テレビとかではだめで、リアルタイムの配信とか、目の前のものをカメラ越しで見た時でないと匂いは感じなかった。私は色んなものをカメラで撮って、匂

いを思い出していった。今は画面越しに見なくても匂いを感じるけれど、その匂いが正解なのか、本当に匂いを感じているのか、わからない。

実はその前にも、親に言われて一度「画面越しに見る」を試したのだが、その時はうまくいかなかった。方法だけじゃなくてタイミングも関係あるんだろう。私みたいな子供は、デジタル・ネイティブ世代に特有の感覚とか仮想世界を現実として知覚してるとか言われることがあり、私はその度に小さな居心地の悪さを感じた。

ちなみに香り失認の原因ははっきりしている。父方の祖父の会社が、その時期、経営危機に陥っていたのだ。私には詳しいことは教えてくれなかったけれど、家の中の雰囲気で何となく大変なことが起こっているらしいと察した、というか、察しない方がおかしいくらい、父も母もピリピリしていた。それで休みごとにおばあちゃん（こっちは母方）の家に遊びに行かされたし、平日に家に帰るのは気が重かった。おばあちゃんは優しいけど、心配させまいとする緊張感が伝わって、だんだん行くのが辛くなった。行きたくないのに遊びに行って、おばあちゃんに八つ当たりしたりして、そうなるのも嫌だった。

おばあちゃんがみほちゃんを見に行くように私に頼んだのは、私を家のある土地から出そうとしたのもあると思う。

みほちゃん家《ち》の最寄駅に着くとみほちゃんが私を待っていた。いつもは私がもうすぐ着くって連絡して勝手に家に行く。今日は久しぶりだから？　ただ遊びに来ただけなのに、そういうことをされると居心地が悪い。とか思っていたらみほちゃんは鍵をポンと渡して「郵便局行くから先家入っといて」と言う。私とみほちゃんは反対方向に分かれて歩く。去年、植物の鉢植えでいっぱいだった家はなくなっていて、崩れかけていた家はもっと崩れて、正面の、屋根に近い壁に大きな穴が空いている。

みほちゃんの家は相変わらず片付いていなかった。散らかってるとか以前に物が多すぎる。一番多いのは本で、本棚に入らない分が床にいくつも塔になっている。たまに処分するのか、多少減ることもある。あとは服とか、何かで当たった微妙な家電とか、誰かからもらった謎の置物、教材のパネルもいくつか。新しく作り直すのが面倒だ、と言っているけど、もう使えないと思う。もっと広いとこに引っ越したらいいのに、と私は来るたび言っていて、みほちゃんもお金が貯まったらねと言うけど、一度も引っ越したことはない。私が中学校の時から、というかその前から、ずっと同じ場所で暮らしている。

私は勝手に掃除道具を引っ張り出して、部屋を掃除する。みほちゃんも片付けてるとは思うけど、端に埃が溜まったりしているし、私の思う綺麗とみほちゃんの思う綺麗はたぶんずれている。最初はええのに、と言っていたみほちゃんもそのうち抵抗を諦めた。みほちゃんの家は、私が来たらほんのちょっと綺麗になっているはずだったけど、年々、綺麗さが減っていっている気がする。私が長い間来ていなかったせいではなくて、長い間住まれたせいで。部屋の中は、いつのものかわからない汚れとか、はげたペンキとか、傷とか、もう回復不可能なもので満ちている。

「ごはんどうする？」

とみほちゃんからメッセージが来る。家？　外？　帰る？　私は家で、と返事をして、どうしてみほちゃんを見に行くのをやめたのか、頭の片隅に押しこめていた記憶に触れてしまう。

みほちゃんは、カードを一枚持っていた。プリペイド式のやつで、マイナンバーと紐づいている。買い物とか公共交通機関で使えて、ポイント還元もある。大阪ワクワクパス、みたいな工夫のない名前だったと思うが、一時期、地域振興キャンペーンの一環で、所有者名を地元企業の名前に変えるとポイント還元率が上がるというのをやっていた。みほちゃんはそれで名前を変えた。カードとそれに紐づいているアプリの上で、みほちゃんはみほちゃんじゃなくなった。ネーミングライツというやつだ。ちょうど消費税が上がるタイミングだった。友達に誘われて、とみほちゃんは言っていた。十数人か、それ以上かは忘れたが、ある程度の人数の団体でないと申し込みできないらしい。でもそれはどうでもいい。

一年前、駅前のタイ料理屋でご飯を食べたあと、みほちゃんが出したカードには、みほちゃんの名前がなかった。その代わりに、どこかの企業の名前が印字されていた。会計時に鳴るアラームは、その企業のＣＭのジングルだった。私は、それを見て、例えようもなく、本当にすごくすごく恥ずかしかった。

玄関が開いてみほちゃんが帰って来る。みほちゃんはよれよれのエコバッグを持っていて、今日の晩御飯の材料が入っている。みほちゃんが手を洗っている間、私はエコバッグの中身を取り出して冷蔵庫に入れる。冷蔵庫の中はごちゃっとしていて、庫内灯は曇っているのか古いのか、ぼんやりと冴えない光を返す。私はその光のなかに、手当たり次第に茹で麺とかちくわとか野菜とかを突っ込んでいく。これもあのカードで買ったのかなとかチラッと思うのが嫌だ。

「ご飯どうしよ」

これはみほちゃんの口癖だ。みほちゃんは、料理は嫌いじゃないが、何を作るのか決めるのが嫌いらしい。

「決めてへんの？」

「鍋でええかなあ」

困ったら鍋になる。

「これお土産？」

「そう」

「ありがとう」

何がいいのか分からなくて、とりあえず土地の果物で作ったジャムを買った。明日のパン買わな、とみほちゃんは言った。

「買ってへんの？」

「忘れとった」

「明日の朝でええんちゃう？」

「せやなあ。あらこんな素敵なものまで」

みほちゃんはお土産の紙袋からお酒を取り出した。それも地元の果物で作った果実酒だ。みほちゃんはあまりお酒が強くないので、保存が効いてそんなに度数が高くないやつ。どこ行ったん？　さすが正社員やねえ、とみほちゃんは呟くように言い、私はそれが妙に癇に触って、みほちゃんはどうしてそういう生き方にしたん、と言ってしまいそうになる。職を転々として、年収は上がらず、生活するのにかつかつで、引っ越しもしないでだんだん古くなっていく部屋で、一人で生きる、そういう生き方。

「そういう生き方しかできへんかったんよ」

みほちゃんはそう答えた。これも、いつかの話。いつだったか、みほちゃんはそう言った。

いつだったかの日、私がまだ中学生だった日。鳥の名前を覚えた日に、みほちゃんが淀川で剥がした紙には、外来種を駆逐せよ、と書いてあった。どうして剥がすのか尋ねたら、排外主義が、と言った。要するに日本人じゃないなら出て行け、ということらしかった。その瞬間、なんだか何もかも嫌になってしまって、何でこんなところに来ちゃったんだろう、と思ったのを覚えている。みほちゃんは、言いにくそうに、こんな風に線引きして攻撃するのはおかしい、と言って私の方を見た。あまり言葉に迷わない人だったけれど、この時だけは何を言っていいのかわからないようだった。日本は日本人の国やろ、という考えが私になかったと言えば嘘になるけれど、その時はたぶん、剥き出しの攻撃の意思に触れたこと自体に驚いて、その考えだって同じような攻撃に繋がるということに気づいていない。こんなん、とみほちゃんは言い、すでにくしゃくしゃの紙をもっと丸める。間違ってる。みほちゃんは言った。言わなかったかも。でも、私はそう聞いた。

みほちゃんは何をしているのかよく分からない人ではあったけど、なぜか色んなことをよく知っていた。でもそれは、たぶん本で読んだ知識が大半で、本ではなく自分が経験しなければいけないようなことについて、みほちゃんの言葉は少なくなった。

おばちゃんに勉強を教えてもらい、と私を大阪に送り出したお母さん自身は、大阪が嫌いだった。家を建てるのもわざわざ他県に引っ越した。大阪府内にも候補地はあったけど、お母さんの強い希望でここになった、とお父さんから聞いたので、なんでここにしたん、とお母さんに尋ねたら、全然教えてもらえなくてあとでみほちゃんから聞いた。あの子は大阪嫌いやからね。

「なんで嫌いなん？」

「それお母さんに聞いたらあかんで。まあ、貧乏やしな。子供育てるんは向いてへんわ、ここは」

出て正解やと思う、とみほちゃんは言った。でもその時、おじいちゃんの会社はなんか危ないみたいだし私の家の中はお父さんとお母さんと、おばあちゃんも時々来て喧嘩していてめちゃくちゃだった。住む場所の正解と人生の正解は違う、とみほちゃんは言った。

「てかめちゃくちゃなん？」

「めちゃくちゃっていうか……」

めちゃくちゃではない。散らかり具合で言ったらみほちゃんの家の方がひどい。本は本棚に収まっていないし、脱いだ服なのか取り込んだ洗濯物なのか分からないシャツがベッドの上に置いてある。私の家では、お父さんが綺麗好きで、出したら仕舞う、がルールだったからそういうのはあり得ない。洗濯物が出ていたら、誰かが畳むか各自の部屋に置いておく。それが習慣だったから、今も家の中は綺麗に片付いている。でも、なんだか、ゲロをぶちまけてそれをみんな見ないふりしているみたいな、そんな空気の悪さがあった。

「ゲロて」

「……」

「うわ、あかん」

泣き始めた私を見て、みほちゃんはおろおろとその辺をひっかきまわし、ボックスティッシュを差し出した。踏んだのか本の下敷きになっていたのか、ティッシュの箱は潰れていた。私が受け取らないので、みほちゃんは箱を私のそばにそっと置いた。私はそこからティッシュを数枚引き出して、涙を拭き、鼻をぬぐった。

みほちゃんはあまり私に干渉しなかった。でもそれは、私のためじゃなくて単純に子供が苦手だったからだ。

「子供が苦手やから結婚せえへんの？」

と一度尋ねたことがあったが、みほちゃんは、ちょっと考えて、「そこは関係ないかなあ。ていうか全部関係ないな」と言った。

「どういうこと？」

「まず子供と結婚は別の問題っていうんと、私はどっちも別々に向いてへんってこと」

「えー、わからん」

「見てわかるやろ。私があんたのお母さんみたいになれると思う？」

確かにそうだとは思ったけれど、私はなんだか納得できなかった。どうしてみほちゃんは、そんな生き方をするんだろう、って、あれはその時尋ねたのかもしれない。

みほちゃんはほとんど役に立つということをしなかった。お金が稼げるわけでもないし、誰かを助けているわけでもなかった。キャリアを積んで組織の中で責任を負うということもしなかったし、フリーランスでちょくちょく文章を書いたりはしていたみたいだけど、プラットフォームのサイトごと消えてしまって、今は読めない。大阪からほとんどどこにも出なかった。運動は嫌いだったし、交友関係も広くない、という話は本人から聞いた。塾講師をしていたから英語には強くて、高校と大学の受験の時は、みほちゃんに教えてもらった。

「国語は？」

「無理。学校か予備校の先生に聞き」

と言っていたけど、いざテキストや教科書を見せると、じっと読みふける。私の時と一緒やわ、とか、私の時と違うわ、とか言いながら、みほちゃんは私が文法問題を解いている横で、教科書やテキストや入試問題の文章を読んでいた。社会に貢献できる人間にならなくては、と焦る私の横で、みほちゃんは気ままに生きていた。

「見て」

と受験真っ最中の時に本を見せられて、何、と尋ねたら、

「こないだあんたが持ってきたやん。解法論理国語。あっこに載ってたやつ、面白そうやから買ったんやけど」

私は受験で頭がいっぱいだったので、早く話を切り上げたくて、読んで面白かったら今度貸して、と適当なことを言い、受験後に本当に貸してもらって、でもそれが、その後でどうなったのか、全然覚えていない。


目を覚ますと明け方だった。みほちゃんは、ベッドにあぐらをかいて、カーテンを開けて窓の外を眺めている。寝返りをうっただけで頭がめちゃくちゃ痛い。

昨日、ご飯を食べて帰るつもりが、みほちゃんが酒を開けたのだった。私がお土産で持ってきた果実酒。みほちゃんもだが私もお酒が強くない。果実酒は甘すぎず、豆腐とネギがメインの鍋によく合ったが、少々飲みすぎたと思う。気づいたら床の上で寝ていた。

「もうすぐ終電やけどどうする？」

「寝る……」

「あっそう。ほれやったら布団敷いとくで」

と言われたのは覚えている。その時に見えた、みほちゃんが床に積んでる本の題名（『細雪』『ぬいぐるみとしゃべる人はやさしい』『ディディの傘』）も覚えている。その後は覚えていないが、布団に入ったことは入ったらしい。

「水もらうで」

「あ、おはよおさん」

「おはよおさん」

冷蔵庫を開けるとミネラルウォーターの二リットルのペットボトルが入っている。昨日酒を飲みながら、お水も飲まな、とみほちゃんが持ってきたやつだ。ミネラルウォーターなんか買うん、と聞いたら、災害備蓄用だと言った。ふだんは水道水で生活している。ペットボトルの水は半分くらいなくなっていて、ということは昨日は水もこまめに飲んだはずなのに残念ながら今回も酔いが回ってしまった。

トイレから出ると、窓の外を眺めるみほちゃんの手にマグカップが増えている。窓にもたれかかって、私の方に、斜めに背中を向けている。シンクにコーヒーのドリップパックが置いてある。みほちゃん家《ち》に滞在中、あるものは自由に飲み食いしていいことになっていたが、私は全然コーヒーの気分ではなかったので、水をもう一杯飲んで、空になったコップに更に水をどぼどぼ注ぐ。

みほちゃんのベッドには、枕元にも下にも本が置いてある。寝る前に読むらしいが、十冊もいっぺんに読むのだろうか。服は気に入ったのだけ、と言いながら結構衣装もちだ。捨てられない性分で、もう着ない服がクローゼットに一杯になっている。みほちゃんが今まで何にお金を使って、何を捨てて、何を捨てられなくて、捨てたくても捨てられなかったもの、絶対に捨てたくないもの、愛したものたちが、みほちゃんの背後の空間に、全部広がっている。みほちゃんはその主だった。

みほちゃんは家を買わず、引っ越しもしなかった。この数年後、みほちゃんはあっさり亡くなる。目に見えて悪いところはなかったけれど、春先の寒暖差の激しい時期に、極度の虚脱で心臓が止まってしまった。みほちゃんの家は古くて、冬場はお風呂が外みたいに寒いし、夏は暑い。冷暖房も節約していて、それ以前に計画停電で空調が入らないこともあって、そんなこんなで、耐えきれない時が来たのだった。当然貯金はなく、みほちゃんの家にあるものの処分は、ちょっともめたけれど、とりあえずおばあちゃんがお金を出して、業者に頼むことになった。今よりははるかに減っていたけれど、それでも平均以上にあった本のうち、ほとんどは処分になったけれど、一部びっくりするような高値がついたらしい。お葬式の席で誰かが、でもよかったやないか、みほちゃん、介護とかになったらいたたまれへんって言っとったし、と言い、私は、みほちゃんから漂う貧しさのにおいにうんざりしていたにもかかわらず、何とも言えない気持ちになる。その直後にお母さんが、みほちゃんを馬鹿にせんとって、と怒鳴って、お母さんの「みほちゃん」という言葉の響きの幼さと親しさにドキッとしたのだが、別の親戚が、うちも母親介護してるけどいたたまれへんってどういうことやねんとキレて、知らんわみほちゃんの言うとったことやとキレ返し、それが皮切りとなってお前はがさつやとかがめついとか、いちいち細かいとかあの時いらんこと言うたとか、それまで溜まりに溜まった鬱憤が噴出して親戚一同を挙げた大げんかとなってしまい、うやむやになる。

しかし今みほちゃんは、ベッドの上で悠々とあぐらをかき、窓の外を眺めながらコーヒーをすすっている。そういえば貸してもらったあの本どしたっけとか、いやでもみほちゃん絶対知らんわこの部屋やしとか、ていうか何しててんねやろ、とか、思考がごちゃっとしてみ、と言いかけて声がでなかったその矢先、窓の外がかき曇る。

大きな幕が引かれたのだと思った。幕じゃなくて網だとも思った。本当は鳥だった。何百羽もの鳥が、窓越しに飛び過ぎていく。鳴き声が束になって、塊になって、窓ガラスを叩く。この鳥は飛ぶ時に鳴くのだ。何の鳥かは分からない。スズメのようだったけれどひと回り大きい。私はその時、鳥の匂い、アンモニアと脂粉の混じる、粉っぽい悪臭をたしかに嗅ぐ。

「あの家に住んでんねんよ」

ベッドに上がるとみほちゃんが言った。窓の外を覗くと、向かいの廃屋から、次から次へと鳥が現れては飛び立っていくのが見えた。

「何してんの？　バードウォッチング？」

と尋ねると、みほちゃんはぐいっとコーヒーを飲み干して、「見張ってんの」と言った。

「あいつらここ通る時にたまにウンコしていくねん。乾いたら全然取れへんの」

# かつて公園と呼ばれたサウダーヂ

藤崎ほつま

## 「かつて公園と呼ばれたサウダーヂ」藤崎ほつま
## Fujisaki Hozma

靭公園、大阪城公園、天王寺公園、長居公園、万博記念公園、箕面公園、山田池公園――大阪には数多くの公園が存在しています。近年は公園有料化の流れも進みつつありますが、多くの市民にとっては公園での経験が思い出の一部になっていることは確かです。本作「かつて公園と呼ばれたサウダーヂ」では、バーチャル上の公園を通してある人物の記憶を追体験していくことになります。

藤崎ほつまさんは1972年生まれ。2014年から『キミのココロについてボクが知っている二、三の事柄』等の小説をセルフパブリッシングで発表、2016年からセルパブ有志によるムック本「このセルフパブリッシングがすごい！」の編集長を務めました。プロアマ混合の文芸のオープントーナメント〈ブンゲイファイトクラブ〉では、2021年の第3回および2022年の第4回で2年連続の本戦出場を果たしています。妻は漫画家の〈るなツー〉さんです。

亡くなった叔父がいうには、戦後すぐには競馬場になったらしい。周りは全部田んぼで、まばらに建つ民家の向こうには大和川の堤防が見え、のんびりと草を食む馬たちや、広々とした馬場を想像している叔父も、実際に目にしたわけではなくて、さらに彼の叔父から聞いた話なのだそうだ。記念館を訪れるのは子供の頃以来で、個人ブースへ入ると自動的に表示された叔父が「いかがいたしますか?」と妙に流暢な、金持ちのお屋敷の執事のような慇懃さで語りかけてくる。

「七十年代初頭の長居公園」と端的に返すと「それではお楽しみください」とまた標準語で応えて右手のひらを掲げてくるりと一回転。叔父はコテコテの泉州弁で喋っていたし、はにかんでモゴモゴと口ごもる癖があって、こんな爽やかな笑顔を見せる人ではなかったから、ちょっと噴き出す。

よちよち歩きの赤ん坊が遊歩道から芝生を囲う虹のように弧を描いている柵を乗り越えて、転びながらも前へと進んでいく、連続する写真があり、その幼い叔父の背中には「サカタトシオ」という名札が安全ピンで留められている。いつも少し目を離したすきにどこかへ行ってしまう叔父の迷子対策だと聞いたことがある。複数の写真の間を補完して動きを付けている映像は、おそらく当時の情景をかなりの精度で再現していて、まるで見知らぬ映画の一場面のようだ。さらに赤ん坊の前方へと回り込むと、背中しか知らない幼児のもっちりとふくらんだ顔を見ることができた。そして、写真を撮るためにしゃがんでカメラを構えている祖父の姿や、その傍らに立っている祖母、祖母の腰にしがみついている小学校低学年くらいの少女は、たぶん母だ。小さなピンク色の毛糸のセーターは祖母の手編みだろう。よたよたと歩み続ける叔父がつまずいてこけて、意味もわからずにきょとんと尻餅をついている様をみて、祖父と祖母は微笑み、母は思わず駆け寄って叔父に手を伸ばし、立ち上がらせようとしても、逆に叔父に引っ張られて、ひざをついてしまう。それはまた祖父母の笑いを誘う。桜の花びらがちらちらと舞い降りて、地面に座り込んだふたりの幼児の頭や頬に貼り付いて、好機とばかりに祖父がカメラのシャッターを切る。そんな写真は残ってはいないし、見も知らぬこのような寸劇の背後では、桜の木の下に青いビニールシートを敷いて祝杯をあげているワイシャツ姿の一群や、いく組もの親子連れの花見客が、騒がしく楽しげに語らっている。遊歩道には屋台もたくさん出ていて、イカ焼きの匂いが食欲をそそる。一皿買って口に含むと、じゅわっと小麦粉に染み込む醬油の効いた味が口内に拡がってイカの身のかみ応えに満足する。食べ歩きなどをするのも、学生の頃以来だ。今や、公園と名の付く場所はどこでも有料フードコート以外での飲食は禁止されているから、焼きとうもろこしを片手にぶらぶらと桜を眺めながら散策していても、何の注意も受けずに済むのは、ちょっと背徳的というか、贅沢な体験に思えてくる。そもそも桜並木の景観さえもう滅多に見られない。

祖父母たちが移動を始めたので、その跡をぼんやりと付いて行く。「子供の頃、よう連れてってもろてなぁ。爪上げとかしたもんや」と叔父が泉州弁で懐かしそうに語ると、「数年後、同場所周辺の冬期」という曖昧な条件からアーカイブを検索していくチリチリという感覚が全身を包む。歩道の内側にはだだっ広い空き地があり、それはおそらく野球などのスポーツ用のグラウンドで、こちらから見える一角にはホームベースの背面を覆うフェンスが設置されている。野球をしている人影はなく、まばらに散った子供たちは、ドッヂボールをしたり、ケンケンパをしたり、なわとびをしたり、思い思いの遊びに興じている。特撮ヒーローの絵がプリントされたヤッコ凧を大事そうに両手でつかんで、四、五歳の叔父が後ずさりしていく。凧に繋がった糸の先にはジャンパーを着た祖父がいて、叔父の歩調に合わせて糸巻きからゆっくりと糸を流していく。叔父がヤッコ凧を頭上に掲げると、風を受けてそれはロケットのように勢いよく空へと舞い上がった。あっという間に小さくなっていく凧を見上げて叔父は弾けたように驚きの声を発し、祖父も目を細める。他にいくつもの凧が点々と彩りを加えていく中、旅客機が遥か上空をのんびりと横切っていく。叔父が泣き出したのは、何度か凧上げを繰り返しているうちに、指が引っかかって凧に穴が開いてしまったからだ。竹ひごと和紙で出来ている凧の強度などその程度のものだ。プラスチックの棒と塩化ビニールで構成された海外製のゲイラカイトのような千円を越えるオモチャを買えるほど祖父の家は裕福ではない。ヤッコ凧と呼ばれるだけあって、ヤッコさんそのものの形をした台紙の頭の部分が欠けてしまったが、祖父がなんとか障子紙を貼り合わせて修繕したらしい。もっともプリントされていた特撮ヒーロー「人造人間キカイダー」の頭の一部がただの白い地になってしまったことに叔父は不満を持っていた。カラフルな色がお気に入りだったのだ。傷物になってしまったヤッコ凧は雑に扱われるようになってしまったが、とはいえ、それでも失くしてしまうのは惜しいもので、公園内に新しく出来た植物園の敷地へ落ちてしまった時には、祖父は職員に声をかけて、植物園内を探して取ってきてもらったものだ。やがて修繕が過ぎてただの白地の凧になるまで、それは家にあったという。

風が吹くと勢いよく土埃が舞うだだっ広い児童公園も、いくつかに分割して整備された。北側は野球グラウンドや陸上競技用のトラックなどが併設され、タイルやコンクリートで舗装された公園入り口や、芝生の丘や遊具が南側に設置されるようになった。たぶん八十年代の半ば辺り、と考えると、チリチリとアーカイブが走査される感触。コンクリートが塗り立ての時にこっそり自分の手のひらを押し付けて、名前を添えて残すイタズラをしたことがある。ハリウッドのどこかに、有名人の手形が並んでいる通りをテレビで見て、真似をしてみたのだ。当然、叔父の手形は直ぐに上から塗り足されて消えてしまったわけだが。中学生になって学校へ通うのに、公園の遊歩道をショートカットに使うようになった。暖かい日には芝生のベンチを独占する偏屈そうなオヤジたちが将棋を指していて、帰り道にギャラリーに混じって対局を観戦することもあった。観ているうちに誘われるようになり、叔父も同級生相手には負け知らずだったので、それなりに自信があったけれども、一度も勝てたことがない。その中でもおそらく一番強かったのが、ヒデやんと呼ばれていたオッサンで、いつもぼさぼさの白髪交じりの頭で、垢じみたワイシャツを着ていて、対面に座ると風向きの加減ではかなり臭った。オヤジ連中は勝負に金銭のやり取りをしていて、ヒデやんは「この上がりだけで食ってんのや」とどこか誇らしげに笑う。嘘か本当か元奨励会出身だとかで将棋仲間内でも一目置かれてはいたが、よくよく考えれば、草将棋に勝った程度の稼ぎでまともに日々を暮らせるわけもないのに、叔父は素直にすごいな、えらいな、と感心さえしていた。「ぼん」と呼ばれていた。「ぼん、将棋好きか?」と問われると「勝てんから嫌いや」と答えた。ヒデやんは元より、わざと勝ちを譲ってくれるオヤジはひとりもいなかった。いつぞや、正月に親戚が集まった時に、叔父が実家の脚のない古い将棋盤を引っ張り出してきて詰将棋集を片手に駒を並べているのを見たことがある。今思えば、他の家族とは微妙に距離を置きたがる叔父が、子供を相手にゲームでもしようとあえて目の前で遊び始めたのだろう。ほとんど初めて見るクイズ形式の盤面が気になった。「これ、三手で詰むんけやど、どう動かすか分かるか?」たぶん一番簡単な問題だったのだろう、あっという間に解けていくぶん得意になったのも、叔父の思惑に乗ってしまっていた。パチンと澄んだ音を聴くのも気持ちが良かった。そのうち弟や従姉妹たちが現れると、将棋盤は山崩しや回り双六の舞台になり、叔父は詰将棋集を横に置いて、子供たちが楽しんでいるのを朗らかに見ていた。叔父の遺品を片付けている中にいくつか将棋の本が残っているのを見ると、まだ将棋で遊ぶだけの余裕があったのだと、少し感傷的になった。

　高校を卒業して大学は名古屋だったから、叔父の大阪での生活は途切れる。転職して大阪へ戻ってきたのも、祖父母の世話をするためだったのだろう。祖父母が暮らしていたのは古い長屋だったが、大家が亡くなった際に買い取り、大幅に改装して三人で住めるようにした。外見は長屋のままだったが、内装はフローリングに張り替えて、トイレは洋式にし、内風呂も備えた。これで遠くの銭湯へ行かずに済むと祖父母は喜んだそうだ。職場は近くの広告デザイン事務所で、自転車で通うのに、また長居公園をショートカットに利用することになった。時期的にはゼロ年代初頭？　再びアーカイブがチリチリと検索される。この頃から写真資料が爆発的に増える。元々祖父譲りのカメラ好きではあったが、コンデジや写メ、のちにスマホなどが普及すると叔父は頻繁に公園で猫の写真を撮るようになる。公園内にはまだ何十匹もの野良猫がいて、どうやら近所に住む猫好きのコミュニティによる定期的なエサやりや避妊手術の手配などが行われていたらしい。叔父の撮った写真の中には、そのメンバーらしきオバちゃんが写り込んでいて、ふと、こちらに気付いたのか、「猫好きなん？　よう見かけるねぇ、あんた」と話しかけてきた。近付いてくる小太りのオバちゃんに、叔父は固まってしまった。人見知りな上にこうして写真を撮っていると不審者と疑われることがままあるからだ。返事もできずに棒立ちになっていても、オバちゃんは構わずに続ける。「最近は猫の写真撮る人も珍しぃのうなったわ。昔は変な人やと思われたもんやで」よく見るとオバちゃんは首から一眼レフのカメラを提げている。叔父の愛用しているコンデジとはモノが違う。夕飯の支度を途中で抜けてきたかのようなエプロン着用のオバちゃんとのギャップに叔父はたじろいだ。変な人だ。オバちゃんは、エプロンのポケットから冊子を取り出してパラパラとめくった。どうやら自らが撮った写真を現像して持ち歩いているようだ。興味が引かれた叔父は、思わずそれを手に取って眺めた。「ええ感じやろ？」とオバちゃんが自信満々にいうだけのことはある。猫があくびをした瞬間、飛び跳ねたり、ジャレ合っている子猫、無防備にお腹をさらして昼寝をしている姿。どれも野良猫を撮ったとは思えない、のびのびとした生気に満ちた写真で、自分自身も撮るからこそ、その価値が叔父にも分かった。たぶんオバちゃんもそこを見込んで見せてくれたのだろう。「すごいですね」と素直な感想が口から出た。オバちゃんは満足げに微笑んだ。それからどうやって写真を撮っているのかをレクチャーしてもらうことなったのだが、とにかく猫の警戒心を解くこと、そのためには懐いてもらう、つまり毎日のエサやりを欠かさない、エサは持ち回りで用意するんや、自分だけやと負担になるやろ、と。要は愛猫コミュニティ「にくきゅうの会」への勧誘が始まったのだった。確かにメンバーが増えれば各人の負担も減るわけで、叔父のようにひとりで猫の写真を撮っているような猫好きは恰好のターゲットなのだろう。そこに気付いた叔父は急に人見知りに戻り、そそくさとその場を離れた。それ以来、猫の写真を公園内で撮ることはなくなったが、オバちゃんとは顔を合わせると会釈をするくらいの間柄ではあった。彼女の写真は、コミュニティとは関係なく素晴らしいものだったし、オバちゃんもそれから無理に誘いにきたりはしなかったからである。

叔父の写真に写っている猫は激減したが、代わりに特定の女性が多く被写体になるようになった。仮にアキミさんとしよう。彼女は一度、和歌山の家を訪れたことがあるらしい。叔父が、母と父に紹介するために連れて来たのだ。アキミさんは、大人しい叔父とは違って陽気にチャキチャキとよく喋る、いかにも大阪の女性といった佇まいで、職場の同僚ということだった。「ちょっと失礼しますね？」と一言断ってタバコを取り出し火を付けた。父が慌てて灰皿を用意しようとするのを制して「持ち歩いてるんです」と携帯用の灰入れをチラつかせて微笑む。「トシオさん、こんな感じでしょ、休みの日でもウチに閉じこもって本読んだりしてて、あんまり遊びをしらんみたいで、パチンコ連れて行ったり、競艇に誘ったりしてたんですよ」と屈託なく話すので、田舎暮らしが長い父も母も、はぁそうですかと都会の女性の休日の過ごし方など判断しようもないから流すしかない。叔父とは職場でよく一緒に昼食を摂っているうちに親しくなり、ほぼ正反対の性格ではあるが、公園を散歩することだけは共通点として話題になった。新しく作り直されたばかりの園内のプールへも何度か行ったことがあるらしい。叔父は最初は戸惑ったものの、自分ひとりではまず縁がなかった場所へ赴くのが思いのほか楽しかったので、アキミさんにも好意を持ったようだ。写真はやはりふたりで外に出掛けた時のモノがほとんどで、セレッソ大阪のTシャツを着てJリーグの試合観戦など叔父にはとうてい似合わない場面も多くあった。「普段知らない土地で古本屋を見つけたら必ず本棚チェックするのは勘弁して欲しいわぁ」と冗談めかしてクギを刺すアキミさんに、叔父は苦笑で返していた。式は挙げず籍を入れるだけで済ませて、祖父母の長屋の近くに別の部屋を借りて暮らし始めた。性格の違いが上手く噛み合って夫婦仲は良好だと思われていたが、五年後に離婚した。価値観の不一致が元だと聞いたが、どうやら叔父が体調不良で仕事を辞めて、収入が大幅に減ったことが主な原因らしい。アキミさんも働いていたが、長続きせずに職を転々と変える叔父に苛立ちを募らせていったようだ。

時系列は前後するが、動物愛護コミュニティが成立する前の一時期、公園内の野良猫が激減したことがあった。北側に建設・改装中の巨大なスタジアムを、大阪に誘致するオリンピックの競技会場として使用することが決まっており、その環境整備を名目として保健所が動いたのだ。もっとも猫だけでなく、木陰に吊るしたビニールシートで寝食していた人間も、整理の対象になっていた。むしろそれがメインだった。彼らの寝ぐらの撤去に際しては様々ないざこざがあったらしいが、叔父が帰阪する直前のことだったので詳しくは知らない。元々は職員用の駐車場だった敷地に仮設住宅が建てられ、自治体に「ホームレス」と認定された人々が仮入居している、という噂を聞いた。が、本当だったのかは分からない。実際に、阪神淡路の震災時に近畿圏各地で良く見た簡易なプレハブ小屋が公園の南側に並んでいるのは目にしていたが、そこに住んでいる人影を意識したことはなかったし、しかもいつの間にかその住宅自体も消えてなくなっていた。しばらくしてネコたちは戻って来たが、ヒトたちは二度と戻っては来なかった。大阪城公園や天王寺公園周辺におけるビニールシート製の小屋を一斉に見かけなくなったのも同時期だ。叔父が高校生の頃は、ＪＲ天王寺駅から公園の北側外周を経て市立美術館へ向かう側道にはいかがわしい海賊版ＣＤを売りながら屋外でカラオケを歌っている人々が沢山いたが、側道が整備されてからは全く見ることがなくなった。彼らは一体どこへ行ったのだろう？　そんなことをぼんやり考えながらも他人事としてその行方を調べたりはしなかった。

ふと思い出して、気にするようになったのは、叔父自身が生活保護を受給するようになったからだ。いつからか原因不明の倦怠感に苛まれるようになり、時にはめまいや腹痛で立ち上がれなくなることがあった。医者も初めはストレス性のものだと診断していたが、他の大学病院で精密検査をしたところ腎臓の疾患が判明し、透析を受けるようになった。体調は乱高下を繰り返し、仕事を続けるのが難しくなってきた。祖父母は年金をもらっていたがそれだけで生活するのは厳しく、叔父の稼ぎが頼りの状況で、その叔父が働けないのでは立ち行かない。結局、祖父母は、叔父では面倒を見きれないとのことで、長年住んでいた長屋を出て、父母のいる和歌山の田舎へ引っ越すことになった。そして祖母は、最期まで大阪へ戻ることを望みながら、ふたりとも和歌山で人生を終えることになる。

叔父は区役所から斡旋されたアパートにひとりで住み始めた。祖父母の長屋は持ち家とされるので、生活保護受給の障害になるとして、父が相続した。正式に生活保護が認められた時、叔父は「ヒデやんの気持ちが、ちょっとは分かったわ。お上の世話になるのが申し訳なかったのやなぁ」と寂しげにつぶやいていた。将棋の腕ひとつで糊口をしのいでいたヒデやんが、いつ公園を去ったのか、叔父には分からない。叔父の生活は週二回の透析による病院通いの他は平穏なもので、元々質素倹約を旨としていたから、さほど不便は感じていなかった。古本屋で買い集めていた蔵書は、ほとんど売却するか、空き家になった長屋に放置していた。詰将棋の本を手元に置いておく以外は、新たな購入は控えて区の図書館へ通っていた。最初の頃は運動がてらに長居公園を歩いて横切るのを習慣にしていたが、やがて公園への入園が完全有料になると、それも止めてしまい、さらに歩行が億劫になると、図書館へも行かなくなり、家内で無料でダウンロードできる電子書籍などを好んで読むようになった。

最後に会ったのは正月の三が日、帰省から戻ってきた寄り道に新年の挨拶をした時のことだ。訪ねるといつも歓迎してくれるのだが、会うたびに顔色は悪くなっている。

「この春は花見でもしよか。姉弟もみんな誘って」と叔父は言った。普段は親戚であっても人と付き合うのを煩わしげにするのに、珍しくそんなことを口にする。「以前にな、アキミに連れられて、万代池公園へ花見の見学に行ったことがあるねん」

桜の花を見るのではなく、花を愛でている見物客の観察をするから「花見の見学」だ、とは叔父の理屈。確かに帝塚山の万代池の周りは桜の木がぐるりと植えられていて、シーズンになれば花見客でごった返す。「まだコロナの前やったしな」

今、思い出したかのように記念館のアーカイブが走査され「十年代初頭の万代池公園周辺・四月」とテロップが出る。公園に足を踏み入れずとも賑わいが耳に届くほどで、長居公園ほど広くもなく住宅街のど真ん中で駐車場もないから乗用車では乗り付けず、徒歩が可能な近隣の花見客ばかりなのだろうが、この周辺の住民が総出で動員されているのかと疑うほどの混雑ぶりを呈している。遊歩道の路肩にはビニールシートが広げられ、中には畳を何枚か敷き詰めて簡易な座敷を設えているグループもあり、さぞや場所争いは熾烈を極めたであろうと想像に難くない。弁当持参はまだしも、バーベキューは当然として、七輪で焼き魚を調理したり、餅を焼いたり。簡易な流し台を用意して、チラシ寿司をその場で作ったり、コンクリブロックを積み重ねたカマドで大鍋を煮て、雑煮やおしるこの炊き出しまでしている。親子連れがほとんどで子供が辺りを走り回っているし、狭くなった遊歩道を通り抜けるのさえ困難だ。広場ではちびっこ相撲大会が行われ、カラオケで自身の歌声に酔っている者や、町内会の集まりか盆踊りを披露する集団がいたり、初老のダンディな男性バイオリンカルテットがベートーベンのソナタを弾いていたり、メキシコ風の鍔広の帽子を被りポンチョを羽織った五人組がギターとマラカスを手に練り歩いていたりもする。桜の花は満開で、この騒乱と混沌の饗宴の上で咲き誇っている。「もうめちゃくちゃやん」とアキミさんは爆笑しながら心底楽しそうにそれらを眺めていたが、やがて我慢しきれずに、フラダンスの輪へ加わっていった。

「いよいよ最後のパレードです」と叔父が滑らかな標準語でうながした。長居公園の広い遊歩道を飾る樹木は今では全てプラスチック製の街路樹兼街灯になっていて、週末の夕方、晴天の日には、木に埋め込まれた電飾が順序良くリズミカルに点灯を始める。縁石に使用されている強化プラスチックのブロックの中にもＬＥＤライトが仕込まれていて、地上のイルミネーションと連動する仕組みだ。公園全体が有料になったため、植物園は開放されているが、花の三分の一は造花に入れ替えられていて、美しく見せるために色とりどりの照明によるライトアップを欠かさない。公園入り口周辺の木々を伐採して増設したカフェやレストランの店員が、パレードの邪魔にならないように屋外のテーブルやイスを片付ける。やがてスタジアムの資材置き場に待機していたパレードの車両が動き始めると、それを待ち構えていた五歳の幼児がパチパチと手を叩いた。イルミネーションで飾り立てられた車両は関西万博が終わったあともしばしば使用されているキャラクター「ミャクミャク」が様々な形態に変身した姿をモチーフにしていて、その中には通天閣バージョン、太陽の塔バージョン、ビリケンさんバージョンなど、公募によって追加された形態もあり、「ミャクミャク」グッズは公園入り口のカフェにて販売もしている。ロックバンドのウルフルズの楽曲のインストゥルメンタルに乗って、煌びやかな光を放ちながら、「ミャクミャク」たちはゆっくりと遊歩道へ出て公園を時計回りに練り歩いていく。見物人は疎らだ。この催しが始まったばかりの頃は毎週末、何万人も動員し盛況を誇ったものだが、今は先週オープンした夢洲《ゆめしま》のＩＲ内に誘致した海外資本によるショッピングモールに耳目を取られている状況だ。市営から民営化した長居公園としては業績の悪化は痛手だが、自然史博物館の跡地に建設を進めている絶叫系ジェットコースターが完成すれば客足が戻ってくると楽観視している。

叔父は、パレードの最後尾にのんびりぶらぶらと付いていった。プラスチック製の街路樹がパレードの邪魔にならないように、自動的に傾いていくのを見て「サンダーバードみたいやな」とちょっと嬉しそう。足元のタイルが踏みしめるたびに色を変えるので、光の波紋が歩調を合わせてまとわり付いてくるような感覚になる。「これは年寄りにはまぶし過ぎるわ」と叔父は苦笑する。久しぶりに公園を一周できて、叔父は満足そうだった。パレードは元の資材置き場へと戻っていき、楽曲は「ええねん」のサビの部分でブツリと途切れた。

「ほな、そろそろ帰ろか」と叔父がいうので、両手をバンザイしたまま十秒間待つと、終了の合図が認識されたのか、叔父がいきなりなめらかに振り向いて「本日はご利用いただきありがとうございました」と丁寧なお辞儀をして、そのまま薄くなって消えた。

中途半端な叔父の再現に違和感を覚えつつも、時折垣間見える「本物」の面影を目の当たりにすると、幽霊を見たというよりは、自分自身があの世に踏み込んでいるような気分になった。個人ブースから退室し、記念館を出ると、まだ陽は真上にあり、高密度に圧縮された人生の重力にめまいがした。ほとんどが即興で創作されたでたらめの歴史や、全くの他人の思い出から抽出された適当なエピソードの集積であったとしても、現実と虚構との橋渡しを勝手に脳内で補正して、感情を掻き乱されるものなのだな、厄介だな、と涙をぬぐいながら思う。

公園の入り口のカフェはシャッターが降りていてテナント募集中の張り紙が貼られてい

る。信号待ちをしている間、目の前の横断歩道のペイントがかなり剥げているのに気付く。こんな僻地の整備は後回しにされるのが常だ。車通りは少なく、タクシーをつかまえられそうもないので、南側の旧公園通りへ移動することにした。記念館で見た映像でさえわずかに残っていた木々は、維持費削減を理由に全て伐採されて、驚安の殿堂ドン・キホーテの大型店舗が通りに面した威容を誇っている。もっともこの閑散とした雰囲気では閉店も時間の問題だろう。

旧公園通りでも変わらずタクシーが止まる様子はなくて、仕方なくアプリで配車を頼んだ。遠くから来るらしいので時間がかかりそうだ。待っている間、公園入り口の奇妙なオブジェに寄りかかって何気なく地面に目をやると、薄っすらと、コンクリートの床にヘコみが見えた。その横には文字らしき跡。

たぶん、普段なら気付きもしなかっただろう。実際、誰にも知られなかったから、未だにコレは残っているのだ。

私は、近付いてしゃがみ込み、間近でじっくりと眺めてみた。ヘコみは、ほとんど消えかけているが、子供の手形のように見える。そして、書き添えられている文字列は、確かにこう読めるものだった。

「サカタトシオ」

# アンダンテ

紅坂紫

## 「アンダンテ」紅坂紫
### Kousaka Yukari

故郷に残る人もいれば、故郷を離れる人もいます。大阪というまちへの愛憎は、大阪に住む／住んだことがある人にとっては身近なものではないでしょうか。大阪市では、2013 年度に 90 年の歴史を持つ大阪市音楽団への補助金が廃止されました。「アンダンテ」で描かれるのは、大阪の音楽のその後。大阪を捨てたはずの主人公が、スリーピースバンドのメンバーと共に大阪を訪れます。

紅坂紫さんは、創作・英日翻訳・企画編集など幅広く文芸活動に取り組んでいます。創作は New World Writing をはじめとした多数の海外文芸誌や、アジアを読む文芸誌『オフショア』創刊号などに掲載されています。Kaguya Planet や anon press といった ウェブ媒体・同人誌では、掌編小説を中心に翻訳作品を発表。2023 年には井上彼方さんとの共編で『結晶するプリズム 翻訳クィア SF アンソロジー』を刊行しています。

〈アンダンテ〉のアウトロが始まってすぐ、私たちのピックアップ・トラックはその速度を緩めた。これからどんな音がするのか目を開けなくても簡単にわかる。ギアが変わるリズム、エンジン音のピッチ、うすく開けられた窓からの風音、吸いつくような縦列駐車とタイヤの摩擦。運転席の指揮はすこしも乱れることがない。〈ハウ・アイ・ラーン・トゥ・ドライヴ〉はユミの見事な運転から生まれた曲だった。荒地のなかの高速道路、その脇にぽつぽつと生えるネオンサイン付のモーテル、ひた走る孤独な手動運転車たちのようにユミはあの曲を弾く。ユミのフィドルにはそれができる。私のチェロが、ユミの高速道路に星屑をふらせる。時折メロディに加わって標識を立てる。シキのアコーディオンが、風の場所や向き、速さ、においを決める。明日のセットリストに〈ハウ・アイ・ラーン・トゥ・ドライヴ〉を入れておけばよかった、と今さら後悔する。でも演《や》るべきじゃないし、今の選曲だって悪くない。カーステレオの〈アンダンテ〉が最後の和声をひびかせる。ピックアップ・トラックは息をひそめる。キーがまわされる。私は、アイマスクをゆっくりと取りはずす。年中走らされているトラックが大きな溜息をつくのと同時に、輪郭のあわい空よりもずっと青い案内標識が目に入った。

大阪。

久しぶりの、この空気。

舌打ちがこぼれそうになったから、そのままチッチチッと〈ウルヴズ・ワー・ボーン・イン・スプリング〉のリズムを取る。

ツアー先に大阪を組み込んだのはシキだった。いつかは帰って向き合わなきゃいけないんだから、とかなんとか言いながら丸め込まれた。余計なお世話だと、今でも思っている。シキがバンドメイトでアコーディオニストじゃなかったら両手を折っていただろう。車椅子ごと投げ飛ばして。でも言い分は間違っていなかった。ぶら下げられたにんじんを追うみたいに音楽を追いかけまわして、定住とか家庭とかコミュニティとか、あるいは過去とか、そういうものから逃げつづけてきた結果がいまの私だ。自覚していたし、いつかは向き合わなければならないこともわかっていた。だから今回のツアーからは逃げなかった。

「よく寝てたね」シートベルトを外しながらユミが言う。「珍しい。リツが移動中に曲を書かないなんて」

「〈ハウアイ〉のことを考えてた」だから寝てたわけじゃない。そう答えようとすると、後部座席からシキの驚きとも笑いともつかない声があがった。「こっちもあの曲のこと考えてたよ、ユミのフィドルにぴったりな風の音ってなんだろうって」

思わず隣に目をやってしまってユミと視線がぶつかった。〈ハウアイ〉をセットリストに入れるべきだったんじゃないか、という言葉が瞳のうちに見える。それでも私は首をふる。あの曲は、私にとってもっと大切な場所で演奏したい。とおい昔に捨てたこの土地で演るべき曲じゃない。もちろんユミもそのことをよくわかっているから何も言わない。シットコムの俳優みたいに眉と肩を同時にあげながらピックアップ・トラックの外に出て、車椅子を荷台から降ろしはじめた。年々大きくなっていく「よいしょ」の掛け声に、すこしだけ笑ってしまう。

シキが後部座席を出たことを確認してから辺りを見回す。私たちの鉄則その四、食べ物や箱のことはインターネットでなく現地人に訊け、を実行するためだ。幸か不幸かこちらをじっと見ている数人のグループが、斜め向かいに自動運転車を停めていた。私たちより一回りか二回り若い。大方私たちではなく、私たちの信条であり愛人である手動運転ピックアップ・トラックに見とれているだけだろうけど、構わない。欲しいのは会話のきっかけだけだ。目が合った一人に、ハイ、と声をかける。可能な限りにこやかに。唯一こちらを見ていなかった年長者が顔をあげた。「ねぇ、この辺でおすすめの箱を知らないかな。私たちみたいなバンドが気兼ねなく演奏とか、練習できるような」

「自分らバンドやってはるんですか」年長者が手のなかのスマートフォンを腰に戻しながら曖昧な表情をつくった。あなたたちバンドやってらっしゃるんですか、に頭のなかで変換してからため息をつく。大阪では顔すら知られていない。わかってはいたけれど、これまでの選択の全部が誤っていたんじゃないかという気分にさせられてしまう。絶対に配信をしてこなかったこと、インターネットよりも現場を重視してきたこと。私が、生まれ故郷である大阪を避けつづけてきたこと。「三人組、スリーピースってやつに見えます」

間違えているはずがない。私の生み出した曲のすべてが、この選択がなければ完成していないものなのだから。大阪に残りつづけていたら、生まれなかったものだから。

「そう。フィドルとチェロとアコーディオンっていう、ちょっと変わった組み合わせだけど」

　その人はなるほどと眉をあげながら、それでもやはり適切な箱は知らないと答えた。

「だよね。残念」

　お礼を言って、バンドのロゴが入った名刺を差し出す。今ではほとんど誰も使わなくなった紙の名刺だ。それから些細な世間話のやり取りをする。音楽の話は出てこない。グループのうちの一人がピックアップ・トラックに触らせてほしいと言ってきた。もちろん駄目。商売道具というか命綱なんだ、と言って断る。振り向くと、車椅子を転がしながらユミと何かを言い合うシキの姿が見える。私たちを知る者は少ない。明日のライヴのチケットだって売れ残っていた。注目を集めるのは手動運転ピックアップ・トラックだけ。大阪に来た意味なんてすこしもなかったんじゃないか、という言葉が喉元までせり上がる。二十年前にはこの場所、この駐車スペースの広場で、顔ぶれを変えながらも朝から晩まで立っていたストリート・ミュージシャンたち。かれらを、今日はまだ一人も見ていない、とふいに思った。

　収容人数が二百人ほどのごく小さな箱を見つけられたのはそれから四時間もあとのことで、陽はすっかり建物の向こうがわに消えてしまっていた。アポを取り、裏口でオーナーらしき人と挨拶を交わして楽屋へ招いてもらう。充分な広さとは言い難かったが、横に幅を取らない楽器ばかりのバンドだから問題はない。すっかり傷だらけの相棒、チェロケースに鍵をかけ、薄暗い廊下やホワイエを通って客席に移動する。小さな箱のわりにオーナーの対応も丁寧で、設備もしっかりとしているのが嬉しかった。加えて音響も雰囲気も心地よく、他のバンドの演奏も期待以上のものだった。サックスとフルート、ドラムとウッドベースを用いたバンドが私たちの前に演奏していた。オリジナルの曲をいくつかと古典に足を踏み入れたジャズを何曲か。バランスや奏法もこなれていたし、生で音楽を演奏する楽しさを感じていることがちゃんと伝わってきていた。私たちに対する客席の反応も悪くなかったと思う。ジャンル不明の、ほとんど見たこともない組み合わせの、スリーピース・バンドを受け入れるときの反応としては素晴らしかったくらいだ。だから調子に乗ってバッハの〈ゴルトベルク変奏曲・アリア〉までやった。パイプオルガンほど荘厳すぎない、神々しすぎない、パリの石畳のようなアコーディオン。靴音を鳴らしたり、服を翻したりしながらその上を進むフィドル。石畳も人も包み込んで照らす月夜のチェロ。〈ウルヴズ・ワー・ボーン・イン・スプリング〉ほどではなかったけれど、きちんと盛り上がってくれた。駐車スペースでの不安はどこかに飛び去って、私たちは、少なくとも私は満たされた気持ちになっていた。

ほんの少しのあいだだけ。

何か丈夫なものを割った音がしたのは、私の手元にフレンチ・コネクションの入ったロックグラスが届いたときだった。言葉未満の叫び声も聞こえてくる。音の方向にシキのスポーティで紫色にひかる車椅子が見えて、私はため息をついた。

ほの暗い照明を受けて輝く酒を飲み干し、シキを迎えに立ち上がる。本番は明日だから、乱闘や警察沙汰なんかに巻き込まれたくはない。シキ自身はもちろん、特注の車椅子に何かあったらただじゃすまない。冷静に、そしてどこか呑気にかまえていた頭は、「大阪は音楽を見捨てたろ」という銃声に吹き飛ばされた。はじめて意味の通った叫び声だったから、そしてその意味が眩暈のするようなものだったから、火薬によって飛び出した鉛くらい熱く感じたのだった。息を吸い込んだ。火事が起きているみたいに空気が熱い。シキ、と私は叫ぶ。人だかりの山が割れ、車椅子ごと身体を持ち上げそうな勢いで掴みかかるシキが見える。掴みかかっている相手は、私も知るピアニストだった。もう一度叫ぶ。

「聞いてよリツ、こいつがブルーミング賞を獲ったって自慢してきたんだ」

多分ほとんどの人がシキを馬鹿だと思っていたことだろう。ブルーミング賞のミュージシャンに嫉妬する、大阪では無名のアコーディオニスト。そう見えているはずだからだ。でも私は違ったし、後ろから駆け寄ってきたユミも違った。息を吞む。リツと呼ばれた私に、周囲の視線が集まりはじめる。我に返る。追い打ちをかけるようにシキが嘲笑する。

「ブルーミング賞なんて、名前だけの化石なのに」

シキの口から放たれた銃声のエコーをかき消すみたいに、鋭い声でシキを呼ぶ。でも、と口を開きかけるシキの言い訳よりも強くその手を引く。シキの顔は、賞金がないなど賞ではない、と言ったときの北条オトの顔に似ていた。どうして満たされたふりなんてするんだ、という顔だった。「音楽が消えていることに気づかないふりして、お仲間の前だけで盛り上がるなんてリツらしくない」シキの呟きが否応なしに耳へ飛び込んでくる。いつかは向き合わなきゃ、と笑ったシキの顔が頭から離れない。フレンチ・コネクションの、ブランデーの熱さが今ごろ喉に絡みついてくる。ライヴハウスを去る寸前、誰かがギターとベースとキーボードで私たちの〈エクスプロージョン・トッカータ〉をコピーしているのが聴こえた。

ブルーミング賞、そして北条オト、すなわち私のたった一人の親。それこそ私たちが大阪から逃げ出した理由だった。

「大阪から音楽が消えはじめているのは気がついていた。やっぱりもっと早く大阪に来るべきだったとも、一生来るべきじゃなかったとも思った」

その日の夜、ホテルのベッドの上でユミが言った。ホテルには音楽プレーヤーがなかったから、ピックアップ・トラックの荷台に積んであったレコード・プレーヤーを部屋に持ち込んで〈ハロー・フェブラリー〉を聞いていたときだった。ユミの作った曲で、そのせいか、チェロとフィドルとアコーディオンが同じ位置で手をつないで踊っているような明るさのある曲に仕上がっていた。二月の、春のにおいがするあの日の踊りだ。ユミの鼻が私にもあるかのように、私はチェロを通してそれを感じることができる。私やシキが作るような凹凸はないが、爽やかな気持ちになれる。ただそのホテルの一室の空気は、話題のせいで心地よさとはほど遠いものになっていた。

はっきりと物を言いすぎるシキを宥めたり、どんな渋滞でも涼しい顔をしてハンドルを握りつづける人間とは思えない。そんなユミの顔を見たのは、聴衆の一人から恋人は居るのかと問われた数年前のライヴ以来だ。開けるべきでない何かの蓋を開けて、食べるべきでない何かを食べてしまった、そんな顔。「見えていないふりをしていたんだと思うし、それを続けようとすら思っていた。私には関係ないはずだって言い聞かせていた。大阪を諦めていた。やっぱりぐずぐずになっている大阪の音楽を見て、まだ見えないふりを続けておけばよかったと思った。それが、一生来るべきじゃなかった、っていう気持ち。でもやっぱり、そういう自分の醜さに嫌気が差した。そんな私のせいで大阪の状況が少しは悪化したんじゃないかと思った。それが、もっと早く大阪に来るべきだった、という気持ち」

ライヴハウスにほとんど空きがないことも、そもそも箱が少なすぎることも、その場所を知っている人のあまりに少ないことも、ストリート・ミュージシャンがいなくなっていることも、きっと偶然なのだろうと思い込もうとしていた。私たち皆そうだった。シキはユミの言葉に答えなかった。私もだ。

確かに、大阪から音楽は消えていた。サブスクリプション・サービスは両手の指よりも沢山あるし、動画配信サービスではあふれんばかりの音楽を聴くことができる。京セラドームや大阪城ホールではアイドルや芸人が連日ライヴを成功させているし、コンビニエンスストアには五月蠅いほどの音楽が流れている。でも小さな、自分や自分の音楽を信じてくれる人のための、ささやかな音楽の場は失われている。もう誰も聴かなくなった名曲を守る場は失われている。見えないふりをされているだけで、確かに存在する人々のための音楽が失われている。それらがブルーミング賞のせいだということを、私たちは知っていた。

　ブルーミング賞は大阪出身の、あるいは大阪を拠点とする文化人の功績をたたえるために設けられた賞だった。北条オトはその二〇一二年の受賞者だ。私はまだ十歳で、ピアノを辞めて、チェロを始めたところだった。オトもチェリストだった。そしてブルーミング賞は二〇一二年、唐突に賞金を廃止した。当時の知事の意向だった。音楽よりも、文化よりも、他に金を費やすべきことがあったらしい。当時の北条オトのスピーチは、いまでも動画配信サイトで観ることができる。文化は守らなければ消えるんです、とあのときオトは言った。「音楽は放っておくと消えるんだよ」とシキは言う。音楽は簡単に消えるということを知らない人は多い。人々は音楽が好きだから、音楽が消えることはない。それは半分正しくて、半分間違えている。そういうときに残る、とされる音楽は、人々が好きな音楽だけだ。古典や、少数者のための音楽や、何かに抵抗するための音楽や、ジャンルレスな音楽たちや、ノイズミュージックは、揉みしだかれ、分解され、やがて粉になって宇宙空間に放りだされてしまう。風化してしまう。現場で音楽を聴くことに全力を注いでいる少数者は、やがてサブスクリプションでシャッフル再生を楽しむ多数者に滅ぼされてしまう。ブルーミング賞は本来そういう音楽や、文芸や、演劇・舞踏や、大衆芸能を守るためにあるはずだった。

ブルーミング賞が誰も聞かなくなった音楽を、誰も読まなくなった詩を、誰も踊らなくなった踊りを守らなければ、誰が守るというのだろう。ブルーミング賞は賞金を廃止して、それから順調に音楽は死んでいったんだと思う。詳しくは知らない。賞金のないブルーミング賞を受賞した次の年、オトは私を連れて大阪を出た。私たちはあのとき音楽大学もある市に住んでいたが、それすらオトは見限って、引っ越したのは京都だった。ブルーミング賞と同じようなしくみをした京都の賞は、その賞金が三百万円用意されていた。そしてその地でシキとユミに出会った。ジャズ・サークルにもかかわらず〈ゴルトベルク変奏曲〉を独奏しているシキと、大学の片隅でひとりフィドルを弾いていたユミ。教授や先輩に対しても間違っていると思うことは間違っていると叫んでいたシキと、一匹狼のようでいて誰よりも困っている人を見つけるのが早かったユミ。ふたりに声をかけたのは私だった。ふたりとなら特別面白いことを見つけられると思った。私は、そしてオトは、大阪を出て音楽を取りもどした。偶然にも、シキとユミも大阪の出身だった。

「いつかは向き合わなきゃ、って言った意味がわかったでしょ」

　オトや私が見捨てたから大阪の音楽は死んでしまったのだろうか。私が大阪を避けつづけなければ、このバンドが二十年前から大阪でライヴをしていれば、大阪の音楽は生きていただろうか。きっと何があっても大阪の音楽は死んでいた。オオサカを冠した交響楽団は私たちが去る前からなくなっていたし、抵抗することを嫌う空気がずっとここにはあったのだ。オトが賞金のない賞に抵抗したあの日、同時に大衆芸能部門を受賞した著名人は、オトのスピーチを笑った。五十万をせびるような音楽家の音楽は評価されるべきではない、金なんてなくても芸術家は芸術をつづけたがるものだ。幼いながらにもそいつの言葉が、オトの大阪から出たいと思うこころを駆り立てたように見えた。音楽は人生を賭けるに値するけれど、命を賭けるには値しない。命を賭けてしまえば、音楽は生きている私たちのためのものではなくなってしまう。金なんてなくても芸術家は芸術をつづけるものだけれど、それを避けられない状況にするべきじゃない。そんなこともわからない人間がいたんだと改めて思う。そんな人間を熱狂的に支持する者たちがいたんだと。

「でももう何もかも手遅れだよ。リツは何も悪くないし、向き合うも何も、ただ絶望するしかできやしない。それなら、私だったら、今までみたいに大阪を避けつづける」

　ユミは正しい。音楽や文化や芸術を失うのはあまりにも簡単だけれど、取り戻すのは何よりも難しい。そして大阪は法隆寺の火事なんかよりもずっとたくさんの宝を燃やしてきたのだろうと思う。取り返しがつかないのだということに、沢山の人が気づいていない。

でもほんとうにそうなのだろうか、と私は私に尋ねる。小さいながらもずっと箱を守りつづけているオーナーは。〈ゴルトベルク変奏曲〉の編曲を褒めてくれた観客は。サインを求めてくれた観客は。〈エクスプロージョン・トッカータ〉を一発で覚えてくれたらしいバンドマンは。私たちの名刺をもらってくれた駐車スペースのグループは。ほんとうに手遅れだろうか。かれらがいるこの大阪は、ほんとうに手遅れだろうか。ピックアップ・トラックと私たちがやってきたこの街を、ほんとうに手遅れとひとまとめにしてしまってもよいのだろうか。

誰もあんたたちなんか知らなかったでしょ、大阪に来た意味なんてすこしもないんじゃないかと思っていたあんたが正解だよ、ギターとベースとドラムですらすぐに立ち上っては消えていく時代をチェロとフィドルとアコーディオンで救おうなんて十年早いよ。今まで他人にさんざん言われてきたことを、私のなかの私が繰り返し告げてくる。

「やめよう」

ホテルに帰ってきてから、私がはじめて口を開く。ユミが松脂を塗ろうとしたフィドルの弓をとり落とす。シキが車椅子に移ろうとする身体をとめる。ふたりの視線が私に集中する。私は喉に力を込める。熱い唾液がこみあげてくる。

「中途半端に向き合うのは無しだ。音楽を辞めるか、音楽を守るかだ。生の音楽を、名前を付けてあげられないジャンルの音楽を、私にしか聴こえないような音楽を守る。どうせ帰ってきたんだ、やれるところまでやろう」

ちゃんと絶望しようと思った。ちゃんと絶望して、ちゃんと諦めて、それでも続いていく人生のために演奏しようと思った。シキの言葉を聞く前から私の気持ちは大阪の音楽を取り戻したい、と定まっていた。でもユミの、リツは何も悪くない、という言葉を聞いて、私は誰かのせいにしてこの大阪を見捨てるわけにはいかない、と再び思えた。私ももういい年で、少なくとも生まれてから十年というときを私に与えてくれたこの土地に、音楽を返さなければならない。

シキがにやりと笑う。「何をすればいい？」

するべきことは山ほどある。

「ほとんど名前も知られていない大阪で何をやったって意味はない。私たちの音楽を今日一日で頭に叩き込んでやって、それからピックアップ・トラックで日本全国をまわる旅へと急いで戻る。傷つけさえしなければ手動運転車の珍しさも利用していい。配信はしない。この決まりは変えない。ヴァーチャルに発せられた怒りは、リアルの人間たちによって見えなかったふりをされてしまうから。もちろんヴァーチャルで怒っている人を私たちに繋げるのは構わない。今までより沢山路上ライヴをする。生で届ける。怒りをだ。新曲もめいいっぱい書き下ろそう。ライヴのたびに署名を集めよう。紙と手書きを中心に、でもこればかりはインターネットも利用する。それで日本中に大阪の音楽の現状を知ってもらう。ぬるま湯のなかで音楽を殺されつづけてきた大阪にも届ける。音楽で、だ。三十年。三十年名前だけで生き残ってきたブルーミング賞は、私が殺す」

ユミがわき腹をくすぐられたときのような声をあげる。〈ハロー・フェブラリー〉のアウトロが始まって、レコードは〈アンダンテ〉を奏ではじめる。

「楽しくなってきた、それでこそリツだよ」

ユミは私の背中を叩く。いつものユミらしい、春の森の木漏れ日のような笑みがその顔には戻っていた。そしてユミの手はきっと、大阪に殺されるわけにはいかない、と逃げ出したオトと私の背中をも叩いている。このバンドがするべきことは、ただお楽しみ会のための曲を演奏することじゃない。これから音楽をやりたい若者たちのために道を舗装して、その道すらもはみ出して運転していく若者とハイタッチを交わして、それからはじめて自分たちの道を運転していくことだ。次の世代を植民地にして仮初の豊かな暮らしを歌う、そんな時代はもう終わりだ。

ちゃんと絶望して、それから希望を植えて帰ろう。

だから、まずは今日のライヴを成功させる。

「セットリストを変えよう。最初が〈ハロー・フェブラリー〉と〈トッカータ〉、最後が〈アンダンテ〉だったけど、最初に〈アンダンテ〉をやる。〈トッカータ〉は真ん中、最後は〈ハウアイ〉だ」

私たちのバンドには歌詞がない。だから何かを叫ぶことはできない。でも〈ハウ・アイ・ラーン・トゥ・ドライヴ〉には日本中の隅々まで音楽を届けてきたユミの運転が詰まっているし、〈アンダンテ〉にはゆっくりでも歩いて、車椅子を転がして、進みつづけて、前だけを見る私たちの全部が詰まっている。〈エクスプロージョン・トッカータ〉には怒りと、その爆発と、過去と、それに向き合うことが詰まっている。歩くような速さで、ほどよくゆっくり。リニアモーターカーより阪急電車を。自動運転車より、手動運転車を、歩くことを、車椅子を。時々で構わない。ギアがシフトするリズムから生まれた音楽に、新幹線からは見えなかったすみれの花に気がつく日があるといい。ささやかな音楽を切り捨てない世界があればいい。そういうことがわかるはずだ。聴けばわかる。わかろうとしに私たちの音楽を聴きにきてくれる人には、少なくとも。

「変更したセットリストに従ってリハーサルをしよう。トラックに乗って。ライヴまではあと二十時間もある」

息を吸う。本番のことを想像する。〈ハウ・アイ・ラーン・トゥ・ドライヴ〉をカーステレオで流す。ピックアップ・トラックをライヴハウスの駐車場に停めて、楽器を武器みたいに抱きかかえて楽屋まで進む。年々重くなる脚で、チッチチッとリズムを刻む。私たちの音楽を待っている人が、チケットを買ってそこに座っている。まずはかれらから巻き込む。ユミとシキの呼吸も、さざめきの残った箱のなかで、私にだけは聞こえている。ライトが当たっている。目を閉じているが、天井から差すそのひかりのなかのほこりが見えている。私は弓に松脂をたっぷりと塗って、ゆるく弓を張り、窪みに足を入れ、前傾姿勢になる。アコーディオンが息をする。A線がユミのフィドルのA線と共鳴する。

まだ手遅れじゃない。歩くような速さで、きっと変えてゆける。

息を吸う。まずはここからだ。

「〈アンダンテ〉」

# 編者あとがき

大阪SFアンソロジーの編者の打診をバゴプラ齋藤隼飛氏から受けた時、正直なところだいぶビビっていた。が、色々考えた末に、やっぱり自分でやりたいなあと思い引き受けることにした。依頼のメールにあった「悪い方向でも良い方向でも、未来への想像力が大阪には必要だと考えています」という一文に惹かれたのも理由の一つだった。

この本には「大阪」と「SF」の二つの軸がある。というのは言うまでもないことかもしれないが、SFという想像力の飛躍を必要とするジャンルと、大阪という具体的な土地との取り合わせ、この二つの軸の引っ張り合いというか、引き方や割合が作家さんによっても異なっていて、いただいた原稿を読むのも掲載順を考えるのもわくわくする作業だった。依頼に応えて下さった書き手の皆様、公募にご参加下さった皆様には、改めて心からのお礼を申し上げたい。以下に簡単な解説というか感想を記す。ここから先は作品のネタバレが入るため、未読の方はご注意を。

北野勇作さん「バンパクの思い出」は、タイトル通り「大阪万博」の思い出話を語る一人称の物語である。「小説」と言うよりは「語り」と言いたくなるような、グルーヴ感のある文体であった。北野さんは朗読イベントにもよく出演していらっしゃるが、読むと北野さんのあの声がいきいきと蘇る。それだけに、なかなか怖い作品でもある。

玖馬巌さん「みをつくしの人形遣いたち」は、アフター万博物語であり、ＡＩと人間、文化と科学、学術研究と娯楽施設という複数の観点が語り手の仕事や暮らしの中で絡まり合い、展開していく。アンソロジーのコンセプト「歴史の積み重なり」がぐぐっと未来へと伸びていくような、希望のある小説だった。

青島もうじきさん「アリビーナに曰く」は、一九七〇年の万博、そのオルタナティブの「縁起」である。縁起とは、縁起がいい悪いの縁起ではなく、寺社や仏像等の由来を述べた物語である。丁寧な口調による代替の物語が「かけがえないもの」へと接続していくラストでは、語りの宛先として彼らのいるところにコンタクトできたような思いを抱いた。

玄月さん「チルドボックス」は、超格差社会となった大阪で、福祉の一環として裕福な若者と同居することになった老人の話だ。若者は若者で何らかの欠落を抱えており、それがナショナリズムへと向かわせる。シビアな題材ながら、どこか悲しみと一体になったユーモアも感じる。男性同士のケアを描いた話でもある。

中山奈々さん「Think of All Great Things」は、未来の大阪を舞台とした吟行である。おそらく十三あたりであろうと思われる世知辛い未来の大阪で、重い体と生活を引きずりながら、軽口を叩こうとする語り手の声を、隣に座って聞いているように感じた。軽さはごまかしではなく、軽さも重さもその人にとっては真実なのだと思う。

宗方涼さん「秋の夜長に赤福を供える」は、枚方に住む三代に渡る家族の話だ。地に足のついた淡々とした語り口から、そこに暮らす「私」と家族の姿がくっきり浮かび上がる。生活に軸を置くのか、SFに軸を置くのかという点でこちらは生活に軸を置いた作品であるが、八千字ほどに圧縮された三世代の時間感覚はかなりSFっぽくもある。

牧野修さん「復讐は何も生まない」は、まるで世紀末のごとき荒廃した大阪で巻き起こるウエスタンな復讐活劇である。どうしても暗い題材に傾きがちな中で、この全てを吹っ飛ばすようなはちゃめちゃさ！　登場人物が皆ちゃっかりしていてたくましいのも魅力的だ。メイン二人のテンポのいい掛け合いも見所の一つである。

　正井「みほちゃんを見に行く」。今からそう遠くはない未来の大阪を舞台にすると考えた時、中年の女性を主人公にして書きたいと思った。結果的に府外から来た姪が視点人物となったが、「みほちゃん」はタイトルロールである。

　藤崎ほつまさん「かつて公園と呼ばれたサウダーヂ」は、語り手が未来の技術によって叔父の思い出を追体験するという物語である。センチメンタルな思い出と、味気ない「検索」の落差が笑いとノスタルジーを誘う。誘われたところでその「思い出」が半ば自動的に生成されていることが明かされるので、ドキッとさせられる作品でもある。

　紅坂紫さん「アンダンテ」は、絶望しながらも、それでも、と踏み止まる人の話である。もうあかん、と見捨てるのは簡単なようでいて難しい。故郷への複雑な気持ちを抱えながら、まずはここから、と自分の足でリズムを刻むところから始めるというラストへ（あるいは始まりへ）と繋がる。この話を本アンソロジーのトリにしたいと思った。

＊

アンソロジーの編者、そして書き手としてこの本に関わってみて思ったのは、何かを選ぶことは何かを取りこぼすこと、ということだった。個人の抱えられるものには限界がある、と言ってみてもあまり慰めにはならない。知っていること、知っていても言及できなかったこと、しなかったことの線引きが恣意的なのは自分がよく分かっているし、知らないことについてはどれくらいあるのか想像もつかない。この羞恥というのか後ろめたさというのか、これはずっと付きまとうのだろう。

けれども、自分一人で出来上がったわけでもない、というか、実態はその逆だというのに、自分一人こうやって気負っているのも、滑稽というか、何様のつもり、という感じなのかもしれない。

このアンソロジーは、「歴史の積み重なりとしての都市、そこで暮らす人々の個別の声」をコンセプトとした。街は最初からそんなふうだったというような顔をしてそこにあるが、実際には地形・気候・文化・社会・政治や歴史的事件に個人の行動、あるいは単なる偶然まで、様々な出来事の結果のパッチワークとして存在している。都市計画は都市計画であったとしても、人や出来事が関わってどんどんずれて組み替えられていく。おそらく街とは、場所でありながら、できたと思った瞬間から組み直されていく現象でもあるのだろう。それは人も同じで、私は日々、いろいろなものを取り込み、それ以上に不可避的にさらされながら、今この瞬間にもどんどん変化していく。私の生まれる前から存在していたこの街で、私はしがらみとか縁とか、仕事とかありえないほどの夏の暑さ、引っ越したい気持ちとはいえ便利だしなという気持ち、色んなものに引っ張られ、引っ張り、よたよたとふらつきながら、今ここを生活している。

私の生活や存在とは、それほどまでに取るに足りない、どうでもよいものなのだろうか、と自問自答することが近年では特に増えた。そう、確かに私は無名のちっぽけな存在だ。九〇〇万人近くを擁するこの街の、九〇〇万分の一にすぎず、年収や社会的地位から考えればそれ以下かもしれない。しかし、それでも、私の今感じているこの息苦しさとは、本当に全体から見ればほとんどあってないような小さなものなのだろうか。

個人が投げて起こる波紋は小さい。多くの人に気づかれないままに終わることの方が多い。けれども、誰かはその波紋を見ているし、同じように波紋を起こしてくれるかもしれない。願わくは、未来のために。

正井

**編者：正井**

同人誌やオンラインでの執筆活動を続け、発表した作品はプロのSF作家達からも高い評価を受けてきた。2014年にSF短編集『沈黙のために』を発表。第1回ブンゲイファイトクラブで本戦進出、第1回かぐやSFコンテストでは最終候補入り。2022年には井上彼方編『SFアンソロジー 新月／朧木果樹園の軌跡』の表題作を手がけた。本書が初めての編書となる。

**装画・装幀・DTP：谷脇栗太**

イラストレーター・デザイナー・リトルプレス編集者。企画・制作した書籍にエッセイアンソロジー『みんなの美術館』、文芸アンソロジー『貝楼諸島へ / 貝楼諸島より』、『クジラ、コオロギ、人間以外』、自作掌編集『ペテロと犬たち』など。大阪のリトルプレス専門店〈犬と街灯〉店主であり、朗読詩人としてライブ活動も行う。

# 大阪SFアンソロジー：OSAKA2045

2023年8月31日　初版第一刷発行

編　者　正井

発行人　井上彼方

発　行　Kaguya Books(VGプラス合同会社)

〒556-0001

大阪府大阪市浪速区下寺2丁目6-19 ヴィラ松井4C

info@virtualgorillaplus.com

発　売　株式会社社会評論社

〒113-0033

東京都文京区本郷2-3-10 お茶の水ビル

TEL 03-3814-3861　FAX 03-3818-2808

装画・装幀・DTP　谷脇栗太

印刷・製本　株式会社シナノ





ISBN 978-4-7845-4148-5　C0093